Isabelle Desesquelles

Isabelle Desesquelles est l'auteure de plusieurs livres, et lauréate du prix Femina des lycéens pour *Je voudrais que la nuit me prenne*. Les Éditions JC Lattès publient son nouveau roman, *Là où je nous entraîne*.
Elle a fondé une résidence d'écrivains, la maison De Pure Fiction.

UNPUR

ÉGALEMENT CHEZ POCKET

LES HOMMES MEURENT, LES FEMMES VIEILLISSENT

JE VOUDRAIS QUE LA NUIT ME PRENNE

S'ABANDONNER

UNPUR

ISABELLE DESESQUELLES

UnPur

belfond

MIXTE
Papier issu de
sources responsables
FSC® C003309

L'éditeur de cet ouvrage s'engage dans une démarche de certification FSC® qui contribue à la préservation des forêts pour les générations futures.

Pour en savoir plus :
www.editis.com/engagement-rse/

ISBN : 978-2-266-31136-6
Dépôt légâl : août 2022

Éric

Tu n'as plus l'âge d'être un enfant, Benjamin. Depuis un demi-siècle et une poussière. La poussière, on la fait, cela ne veut pas dire qu'on la fabrique. Et après plus un mouton ne traîne. L'as-tu été, toi, mouton ? Je ne le crois pas. Je sais une chose, nous avons l'un et l'autre traîné à vivre. Ça a été comme ça. Ça n'a pas été.

Le téléphone a vibré dans la poche de mon imperméable. Appel inconnu. Je ne peux même pas dire que j'ai identifié ta voix, mais qui d'autre pour me lancer « Je t'attends » et raccrocher ?

Et j'accours, dans mon imperméable trop grand. Je n'ai pas le dos large, tu t'en seras rendu compte. À ton procès, celui de nous deux qui se tenait droit, c'était toi. J'aurais lapé une soupe je n'aurais pas été plus affaissé, écrasé par des années de saccage, tout ce qui est perdu. L'audace n'est pas dans mon tempérament, on ne risque pas de dire que je ne manque pas d'air, j'en manque, j'étouffe de ton absence. Tu m'attends ? Alors oui, je me précipite avec ce nez de cendre où trop d'alcool cuve à l'avoir espéré, cet instant penché sur un aveu. Pas une confidence, une confession, non, un aveu. Il n'est rien que j'aie souhaité davantage ; et redoute. L'irréparable est une tache noire sur nos vies, tu auras beau frotter, tu ne l'effaceras pas. Que veux-tu m'avouer aujourd'hui, que tu as enfoui si longtemps ? La vérité, on en fait ce que l'on veut, ce que l'on peut. On fait avec. Elle est une guimauve que l'on étire. On la tord, et elle prend toutes les formes, revêt l'apparence qu'on lui donne.

Au tribunal, j'ai parlé de ma collection de sables, des centaines de fioles pleines de milliers de fragments, ils sont les totems de la maison. La maison... tu sais, comme on nomme un chez-soi. Chez nous. Tu n'y as pas remis les pieds depuis... depuis quarante-trois ans que j'ai le cœur comme un poing serré. Je n'ai échappé à aucune de ces années. Elles m'ont broyé en autant de fragments qu'en contiennent mes flacons.

Le sable n'est pas ce que l'on croit, avant de nous glisser entre les doigts, il est un bloc d'infimes lamelles. Un choc et elles se désagrègent, chahutées par le vent ou un courant. À leur merci. Je ne sais si de ton box de l'accusé tu l'as remarqué, je frotte sans arrêt la pulpe de mes doigts, je cherche... une sensation, un relief... de quand on faisait bloc.

Italie

Venise

Été 76, le 25 août. Une silhouette court vêtue. D'être si jeune le thorax en est presque creux. D'adorables bras maigres, et au bout des poignets on en deviendrait chien pour les mordiller, s'amuser avec. Il a, ce petit être, de quoi retenir toutes les aubes. Il faudra le déshabiller plus lentement que lentement, arriver sans que cela finisse à la marque blanche du soleil à mi-parcours.

Le chasseur est là, invisible, il tient en joue dans le viseur de son désir malade son faon à deux pattes, ne le laissera pas s'échapper.

L'enfant a les genoux couronnés, presque aussi verts que son iris qui font quatre, deux paires d'yeux, son frère et lui en tout point pareils.

Maman se refusait à nous englober dans une même entité. À l'inverse de nombre de parents appclant leurs fils, dès qu'ils en ont deux, les garçons, on n'a jamais été pour elle les jumeaux, même vrais. On nous confondait, identiques pour tous, pas pour elle. Qui nous serinait que l'on était chacun une petite personne particulièrement particulière. Qu'elle avait décidé d'emmener à Venise, rien n'était trop beau pour son Benjaminquejetaime et son Julienquejetaime. Seulement elle nous oblige à porter un short devenu trop petit, et on rechigne, surtout que dans la valise il y en a des neufs à la bonne taille mais voilà, maman a décrété qu'on aurait le droit de les mettre uniquement au retour. On laissera les anciens dans la chambre de l'hôtel. Elle aime laisser des traces, et avec elle on ne discute pas, on s'incline. Voilà comment un short qui vous rentre dans les fesses saccage une vie. Et on en compte trois.

J'aurais dû m'asseoir au Florian et me régaler de mon *cioccolata con panna*, j'en aurais conservé une moustache de lait, rien de dramatique. Au lieu de quoi j'ai voulu gâcher les retrouvailles de maman avec son mythe. On est ridicules avec notre short trop petit et j'ai le moyen de la contrarier elle aussi. Depuis le début de l'été elle nous vante son *cioccolata*, en ne le buvant pas son meilleur des meilleurs chocolats du mondedelaplanètedeluniversdelaterreentière, je l'empêche de le savourer. Tu ne fais pas tant d'histoires, Julien, et tu dégustes ta crème fouettée. Je regrette déjà mais m'interdis de changer d'avis, et pour ne pas être tenté je m'éloigne en tirant sur mon short, j'ignore tout du danger. On vient d'avoir huit ans.

La dernière fois que l'on a bu un chocolat tous les trois, c'était en terrasse à Paris, place Saint-Sulpice, on n'a pas eu le temps de le terminer. Soudain maman s'est levée avec un « Venez ! » et elle s'est mise à courir vers l'église, tu l'as suivie, pas moi. Je suis celui qui n'a pas bougé, figé sur ma chaise, tétanisé. On n'avait pas fini notre tasse, ni payé, on n'avait pas le droit de partir.

Je ne comprenais pas ce qui arrivait. Avec le garçon de café on était deux à ne pas comprendre, à en être interloqués. Elle lui avait tapé dans l'œil, la jolie belle et ses deux pareils, seulement maintenant il se disait qu'on ne valait pas mieux que beaucoup d'autres et me regardait méchamment. Le temps m'a semblé très long, je te voyais hilare de l'autre côté de la place à côté de maman, elle n'arrêtait pas de me faire signe de vous rejoindre, de ramener mes fesses. Pas question. C'était elle, la fautive ! Elle a fini par revenir, a collé sur son visage un air détaché. J'ai eu envie de la dénoncer à tout le café, elle m'énervait, et l'imbécile de serveur déjà prêt à lui sourire ! Elle a triplé le pourboire. Vue mais pas prise.

Peut-être l'avais-tu oublié, Julien, ton galop derrière elle place Saint-Sulpice, pas moi. Elle était prête à ne pas payer juste pour voir ce que ça faisait. Être encore une gamine qui fait une bêtise, certaine de ses fils, qu'on la suivrait les yeux fermés. Un seul en a été capable.

Au Florian, elle a choisi de s'asseoir à l'intérieur, elle ne déguerpira pas sans régler. N'empêche, je la vois glisser dans son sac à main une des petites cuillères en argent du service, elle ne peut s'en empêcher. On attend de ses parents qu'ils soient exemplaires, on en a besoin. Au moins le temps d'y croire.

Place Saint-Marc, l'envie me vient de shooter dans un pigeon sous le nez des quatre chevaux de cuivre au fronton de la basilique. On sort d'une partie de cache-cache derrière les arcades, maman nous pousse volontiers à prendre le large, on sait déjà que l'on a intérêt à quitter la maison dare-dare à notre majorité. On sait aussi qu'elle fait sa brave et nous attendra obsessionnellement, maman delamourabsolu. On n'en est pas là et c'est la première fois que je m'éloigne hors de sa vue sans que tu sois à mes côtés. San Marco, elle vient de nous l'apprendre, est la seule piazza de Venise, les autres sont des campi. Elle aime nous lire ce qu'elle découvre comme si c'était elle qui l'avait écrit, elle aime dire à voix haute son émotion. J'enregistre sans tout en saisir son côté lait sur le feu, il faut y faire attention ou il s'échappe. Je suis trop petit pour me le formuler mais pressens que quand nous grandirons, l'exaltation maternelle risque de nous peser ! L'été de Venise, j'en suis au stade de l'admiration énamourée. Je profite du spectacle de la place Saint-Marc, elle est prise dans un agrégat d'humains, et la basilique livrée à la houle ininterrompue de la foule. Je remarque déjà les femmes les plus sexuées, maman aime nous les détailler quand on les croise et leur attirail, talons aiguilles, rouge à lèvres, ongles faits. En 1976, il n'y a pas encore de selfies ni d'andouilles pour se filmer sur le Grand Canal dos tourné aux palais. Pas de réseaux sociaux mais déjà des indigents à la peau mate, ils proposent des graines, ce qu'ils ont à vendre, on est au royaume des pigeons… Les gosses en balancent de pleines poignées, les parents achètent. Les volatiles participent de la légende du lieu, n'en déplaise à maman, elle les a renommés les rats du ciel, y ferait volontiers un carton et elle engloberait tous les autres qui roucoulent.

Elle a tout prévu comme toujours. On entrera dans la basilique une vingtaine de minutes avant la fermeture au moment où les autres en sortent et on l'aura à nous même si ce n'est pas pour très longtemps. Avant d'arriver où je ne veux pas aller, Julien, je vais m'arrêter sur une que j'ai tant aimée, elle était notre mère mais jamais on n'oubliait qu'elle était une femme jusque bien plus qu'au bout des ongles. Elle ne s'accordait de repos qu'au bord de la mer ou de l'océan. Seuls l'immobilité de la première et le tumulte du second arrivaient à libérer le calme compressé en elle. Et quand elle parvenait à s'y relier, elle en devenait ensorcelante, nos rires en étaient différents comme s'ils avaient eux aussi le droit de sortir.

Elle a grandi à La Palmyre au bord de l'océan, elle pouvait le longer des heures, chevilles dans l'écume, les gouttelettes plein les cuisses. Elle acceptait que l'on marche ensemble à condition que l'on reste derrière elle, qu'on ne lui gâche pas la vue, et on trouvait cela naturel. Née dans les Landes, elle leur préférait la Méditerranée. Elle ne nous a pas appris à nager. Dès lors que la mer la happait elle n'avait pas une minute pour nous. Elle nous plantait sans un mot, sans se retourner, on avait l'habitude, on la regardait rejoindre son horizon liquide, et s'apaiser, alors nous aussi. Si elle existait mieux ainsi, en se détachant de nous, de tout, une fois dans l'eau, il fallait la laisser. On était trop jeunes pour y réfléchir, on ne voulait qu'une chose, se frotter à son bonheur, on était sûrs d'elle, on savait quelle mère on avait, quelle merveille difficile elle était. Changeante, inattendue, mère agitée par temps calme. On ne quittait pas son rivage. Clarice. Elle aimait son prénom, avait choisi de mettre un *c* entre le *i* et le *e* pour en être plus singulière. Quand il lui arrivait de le prononcer, elle le faisait siffler. Ce *c* lui venait d'un écrivain, Clarice Lispector, elle nous en a même fait apprendre une page par cœur, comme si on n'avait pas assez de devoirs ! *Elle fait comme si elle était une princesse bleue dans le crépuscule qui va venir, elle fait comme si l'enfance était aujourd'hui et argentée de jouets, elle fait comme si une veine ne s'était pas ouverte et elle fait comme si un sang écarlate en silence blanc ne coulait pas. Elle fait comme si elle fermait les yeux et les êtres aimés surgiraient quand elle les ouvrirait embués de la gratitude la plus limpide, elle fait comme si tout ce qu'elle avait n'était pas comme-si, elle fait comme si sa poitrine se décontractait et qu'une lumière dorée la guidait dans une forêt d'écluses et de tranquillité, elle fait comme si elle n'était pas lunaire, elle fait comme si elle ne pleurait pas.* Elle aimait nous le répéter, Clarice Lispector avait écrit ce texte précisément au moment où maman nous attendait. C'était son truc, ça, répéter. Tout ce qui sortait de sa bouche en ressortait a minima une deuxième fois, plutôt trois. Cela devait la rassurer, redire, pour que cela soit. Qu'à force, tout se passerait comme elle le disait. Pour m'aider à retenir par cœur sa Lispector, je me suis persuadé que notre père lui avait offert le livre tellement il avait tout compris de maman, et c'était moins grave qu'il ne soit pas là. Toi, Julien, y as-tu pensé ? À l'âge où on aurait dû en avoir plein la bouche, pas un seul papa ne franchissait nos lèvres. A-t-il seulement su que l'on était nés ? Je m'étais convaincu que non et ça faisait moins mal. Sans même avoir à le dire, maman avait créé un interdit, pas de papa à la maison, en aucune façon. Même en dessin, ou entre nous. Je me suis mis à arracher des feuilles dans mes cahiers et à les remplir de papapapapapa écrits serrés sans sauter une ligne, qu'il existe quand même ; à la fin de la journée, avant de rentrer, je déchirais mes pages. Je sais bien que tu m'as vu faire. Mais on n'allait pas commencer à en parler, la seule chose qui comptait était de ne pas faire de mal à maman, et tout le temps où j'ai pu le croire j'ai été un enfant. Huit ans qui auraient mérité d'être doublés. Être jumeau n'a pas fait le compte.

Comment on continue quand il y a eu à ce point un avant ? J'aurais voulu que maman m'aime plus que l'amour et que ça ne s'arrête pas. Tu as eu, Julien, un boulevard avec elle. Je sais, je suis injuste. Tout ce qui a manqué me démange et je gratte, j'entretiens la plaie qui est la nôtre, et tu ne dis rien. Évidemment que tu ne dis rien.

On joue à être mort. On a convaincu maman de nous laisser faire, elle est tellement minuscule la chambre à Venise, quel autre jeu ? Au moins il ne prend pas de place ! Il fait chaud, l'air est un étau, s'y mouvoir est au-dessus de nos forces. À midi on avale un plat de pâtes à l'encre noire à dix mètres de l'hôtel, on n'en bouge pas jusqu'à dix-sept heures. Les deux fils adossés à la tête du grand lit, et elle sur celui une place. Deux enfants, un seul parent, maman nous l'a assuré, le petit lit sera très bien pour elle. C'est à celui qui reste inerte le plus longtemps, le regard dans le vide, même notre souffle on ne le laisse pas respirer. Le plus difficile est de ne pas sourire. Je suis mort, je suis mort, je suis mort, je me le répète en boucle dans ma tête, m'y accroche, je veux être le mort le plus long. Et je perds, je ne peux pas m'en empêcher. « En vrai j'ai pas envie de mourir, maman, en même temps pardon j'ai envie pour savoir ce que ça fait, pas toi ? » Elle m'attire à elle sans un mot pour un de ses câlins presque brutaux tant elle nous serre, elle n'a pas de seins, les hanches saillantes, on se ferait des bleus dans ses bras.

— C'est où, maman, les pouls ?

Elle sursaute.

— Le pouls, Benjamin, on dit *le*, pas les pouls. Donne-moi ton poignet, tu le sens ? Là, ici, tu le sens ?

Mais c'est le sien que je veux entendre battre même si ensuite je n'ai eu de cesse de trouver le mien, être certain qu'il restait quelque chose de vivant en moi après Venise. Si j'entendais mon pouls, j'étais obligé de ne pas mourir. Et j'ai continué.

Aujourd'hui, j'éprouve bêtement un sentiment de paix à avoir atteint la cinquantaine, ce n'était pas gagné. Quand le passé n'est jamais assez loin, le présent paraît hors de portée.

À Venise le premier soir, dans son lit à une place, c'est maman l'enfant, nous la bordons, ses deux fils, chacun d'un côté, chacun sa joue. On a décidé sans le lui dire de la regarder dormir une nuit entière, quelle aventure ! On se forcera à rester éveillés et si l'un sombre, l'autre sera là. Observer son père ou sa mère dormir n'est pas si agréable. À tout âge. On inverse les rôles, on se voit les veiller quand la vie est passée par là. Cela ne nous arrivera pas, Julien. Maman est morte, même s'il a fallu trente ans pour que je l'apprenne. Ça fait beaucoup à vivre avec elle qui ne vivait plus.

Reste la nuit de Venise, la vie qui dort et pourrait ne pas finir, maman abandonnée au sommeil tout à nous. Ces heures, j'y suis revenu sans cesse, essayant de ne jamais en sortir, mais ça ne marche pas. On n'était pas si tranquilles de ne pas la voir bouger, histoire de détendre l'atmosphère on s'est fait des grimaces au-dessus d'elle, l'étrange pantomime. J'ai eu besoin de trouver son souffle, de vérifier qu'on avait toujours une maman. Et doucement, si doucement, j'ai collé mes lèvres contre les siennes. À peine.

Elle nous avait montré les énormes bateaux dévoreurs d'espace entre les deux rives, à engloutir le canal de la Giudecca. Leurs traits de lumière longeaient successivement les murs de la pièce jusqu'à son visage et chaque fois on espérait qu'ils la réveilleraient, notre mère de la lagune.

En s'endormant la première dans cette petite chambre du Zatterre, elle m'a d'un coup privé d'elle, celle dont on avait l'habitude, qui veillait et il n'y en aurait jamais assez. On s'était persuadés que si l'on s'endormait, elle ne se réveillerait pas. Ni toi ni moi n'avons cédé. Le temps n'en finissait pas de durer, on a combattu la fatigue, les heures suivantes auront été les dernières à espérer que l'aube se lève.

L'été 76, il ne fait pas seulement chaud à Venise. Nous sommes à la fin des grandes vacances, on arrive de La Palmyre, depuis deux jours un incendie ravage la forêt de la Coubre, non loin de la maison des parents de maman. Elle y a grandi, y est devenue leur fille qui aime avoir raison et on ne discute pas. Elle s'emporte, elle tranche. Le séjour à Venise était prévu de longue date et tant attendu, même La Palmyre en flammes, pas question de l'annuler. Près de sept cents hectares sont partis en fumée, vidant les campings bondés. Tout le monde n'a pas une chambre réservée sur le Zattere. Une fois de plus les parents de maman l'ont encouragée à faire ce qu'il y a de mieux pour elle, évidemment elle n'est pas à l'aise de savoir une fournaise à leur porte, ils ont insisté, elle doit penser aux petits. On l'a compris, on sera les petits à vie pour eux. Quelle vie ?

Le matin de notre départ pour l'Italie, le feu menace le zoo de La Palmyre, un millier d'animaux au total. À l'époque, on ne parlait pas de canicule à tout bout de champ roussi. Ni de réchauffement climatique. Même les tomates criaient grâce. La tomate accommodée par mémé sous toutes ses formes, on avait l'impression qu'elle ne cuisinait rien d'autre. Sur le quai de la gare, on lui promet de lui envoyer la recette de la sauce *arrabiata* et on se fait de grands signes. On s'en fiche, des autres voyageurs, notre pépé et notre mémé, ils sont la gare, la locomotive, ils sont le train et même montés dedans on continue à leur parler en articulant exagérément derrière la vitre, nos mimiques, ces grimaces d'amour, éloignent la peine que l'on a de les quitter. Et cette fois on les laisse en plan avec l'incendie. Tous les trois à genoux sur notre siège, on leur souffle des baisers bien après que le train s'est ébranlé. De moi, ils n'en auront plus d'autres. Voilà une chose que je n'ai pas imaginée.

Place Saint-Marc je me fiche des pigeons, c'est avec les animaux du zoo de La Palmyre que je voudrais être. Après le *cioccolata* on a prévu d'appeler pépé et mémé, de prendre de leurs nouvelles, et du gorille que l'on a vu grandir. Il faudra cinq ans pour savoir comment il va. Bien davantage pour apprendre comment ils ne vont plus.

À Venise on cherche l'ombre, on se précipite dans les églises, on n'avait jamais vu maman à genoux. Ce n'est pas pour prier mais pour mieux regarder les plafonds, nuque basculée en arrière. Elle nous a prévenus, les sols de la basilique, elle va se jeter dessus ! Comme d'habitude on a prévu de rester en retrait, ses extravagances on les anticipe et on n'en est pas responsables.

Tout le monde était amoureux de maman, même les petites filles, même les grands-mères, elle les envoûtait. Avec les hommes, on s'en était bien rendu compte, elle avait un côté appel de phares. Un qui lui plaisait ? Elle clignotait direct ! Il était obligé d'être ébloui, et dans la seconde elle se mettait en veilleuse. Tout elle. Elle était encore mineure au début de sa grossesse mais c'est le père qu'elle n'a pas voulu garder. Elle a dit à ses parents qu'elle se débrouillerait et elle s'est débrouillée. Elle souriait à se rappeler la première échographie, interloquée une minute, pas davantage, en découvrant que nous étions deux. Des monozygotes, ça vous a un côté barbare à la Wisigoths. Tant mieux, on avait une maman viking !

Il n'y a pas d'aîné chez les jumeaux. Au cinquième mois, Julien, on s'est enlacés dans le placenta et jusqu'à l'accouchement on s'est fait du bouche-à-bouche, voulant à tout prix que l'autre respire. Je commence en monozygote anémié avec un cordon ombilical qui ne me sert à rien, alors qu'à quelques millimètres tu te gaves de sang. Le gynécologue s'en inquiète. Dans le ventre de maman c'est toi le méchant de l'histoire. Elle me répète de tenir bon, qu'elle est là. Elle nous l'assure et à son nombril, quelques semaines et ce sera pour toute la vie. Elle nous l'a racontée un paquet de fois, l'épopée de la grossesse, ne manquant pas de te faire des clins d'œil pour bien te montrer qu'elle ne t'en voulait pas. À moi, elle en a voulu après Venise ?

Elle nous l'avait vantée, sa Venezia ! Nous en avait lu des tartines. Les perles du palais Dario qui se casse la gueule, la langue noire du Grand Canal, cet ogre qui dévore des palais de cristal, de brocart et de soie que l'on ne parvient plus à réchauffer. Elle continuait avec la beauté insondable des sols de San Marco née de leur usure, elle ajoutait « On se ressemble », riait trop fort.

Avant de sortir du Florian, de vous y laisser, mon regard bute sur je ne sais trop quoi à côté de la porte d'entrée.

— Arrête de fixer ce monsieur, Benjamin.

— Ce n'est pas un monsieur, maman, il n'a pas de jambes, pas de bras.

— Si, mon garçon, c'est un malheureux.

Elle me tend une pièce de cinq francs, me recommande de le regarder dans les yeux. Ce n'est pas imaginable, son malheur. Maman m'a suivi, un billet de dix francs à la main, il relève la tête et ça change tout. Je vois bien qu'il est un homme.

Si le cul-de-jatte manchot est une abomination, une autre au même instant fond sur moi et celle-là a des jambes, des bras, elle a les yeux rivés sur un au short trop court. Maman retournée à sa banquette, ces yeux ne quitteront plus le petit bonhomme resté seul, ils l'ont choisi.

J'ai proscrit les heures suivantes qui sont des années. Même en le voulant plus que tout, on ne change pas le malheur.

Elle n'est pas forcément belle, la vérité. Un cancrelat, voilà à quoi elle me fait penser. On le décapite, rien ne l'arrête, blatte, cafard, on les écrase et ils prolifèrent. Il faut s'y prendre autrement avec eux ou ils vous entreraient dans la gorge. La vérité aussi.

France

Paris

On compare notre sexe. On a descendu notre pantalon de pyjama et on s'appuie tour à tour contre la porte de la chambre pour la bloquer. On préfère ne prendre aucun risque. La veille, après que maman nous a régalés de ses Julienquejetaime et Benjaminquejetaime et souhaité bonne nuit, on a avancé de trente minutes l'heure de sonnerie du réveil, on l'a mis sous ton oreiller pour qu'elle ne l'entende pas. On a tout prévu. Sous le mien on a glissé un double décimètre, il nous a paru suffisamment grand.

Un mot que l'on n'a jamais dit, zizi. Maman trouvait qu'il ne rendait pas hommage à cet attribut. On est là pyjama sur les chevilles et on ne triche pas. On le mesure, sans tirer dessus, chacun le sien. On se dispute tout bas, on essaye de gagner un millimètre, on constate que là aussi on est de vrais jumeaux, pile pareil, à égalité. On a deux mesures. Celle au repos et une qu'on découvre à se trifouiller. Une poussée de croissance spectaculaire ! On réalise qu'on peut changer sa taille tout seuls, quelle trouvaille ! Souvent après on aura besoin de vérifier que ça marche. On le fait très sérieusement, côte à côte sans en être gênés, on attend quelque chose qui ne vient pas dont on ignore tout. Pas près de sortir, et puis finalement si. À peine, on est trop jeunes. On goûte par curiosité mais comme si c'était du poison.

Au début du CE2 on a eu notre unique crise de somnambulisme, maman jubilait de nous la rejouer. Elle mime son entrée dans notre chambre, se plante au centre, on est au spectacle, assis en tailleur sur nos lits respectifs. On ne se lasse pas de se découvrir à travers ses yeux, ses gestes, sa voix qu'elle travestit à merveille. Elle commence avec des ronflements exagérés censés nous imiter, elle ronfle aussi fort que pépé et c'est farce. Un cri lugubre suit, elle écarquille les yeux, avec un Ooooh exagéré, on comprend qu'elle s'inquiète, s'interroge, et elle fait mine de se précipiter là où elle est déjà. Elle a les pieds vissés au sol mais son buste bascule d'avant en arrière, on a vraiment l'impression qu'elle déboule dans la chambre. Pour nous, ses spectateurs conquis d'avance, elle se transforme en deux petits garçons assoupis, ils ne voient rien de leur maman ébahie, arrêtée dans son élan. L'un, accroupi sur son lit yeux exorbités hypnotisé par la menace, l'autre qui lui fonce dessus. Maman passe d'un rôle à l'autre, elle joue d'abord la rassurée de nous trouver indemnes, puis elle change son visage, inquiète de ce qu'elle découvre. En enfant elle est encore mieux, elle imite très bien ses deux fils face à face. Toi le terrifié, doigt tendu, gueulant « Le train, le train, il arrive, le traiiiinn ». On comprend rien qu'à la voir que tu es sur le point d'être écrasé. Puis elle passe à moi, se met à quatre pattes, elle prend des yeux menaçants et en même temps beaucoup trop calmes, se colle un sourire froid censé être le mien, il nous glace. Le pire alors sort de sa bouche qui est la mienne, elle imite mes « Tut, tut. Tut, tut. Tut, t… ». Je suis le méchant, prêt à te réduire en chair à pâté, ou mieux, en chair à saucisse et vive les tomates farcies de mémé ! Pour échapper à ces horribles « Tut, tut », l'un de nous doit se réveiller à tout prix. Maman redevient maman et dans un réflexe elle allume la lampe. On en est au moment où elle te prend dans ses bras, t'apaise, quelle chance tu as d'être le gentil, elle te serre si fort, te recouche dans ton lit. Moi, c'est une autre affaire, elle nous le montre bien qu'elle m'en veut de mes « Tut, tut ». Tu as déjà refermé les yeux, maman peut passer à son autre fils. On sent qu'elle aime particulièrement jouer ce qui suit, montrer que je ne suis pas le diable après tout. À mon tour de profiter d'un câlin. Un silence a envahi la pièce, il est l'heure de dormir, elle éteint, reste un moment dans le noir et ses yeux finissent par éclairer deux ombres, ses fils.

Au procès, tu t'es bien gardé de raconter l'épisode somnambule. Qui sait, il aurait pu influencer les jurés. Il a résonné après Venise… Je ne voulais tellement pas être celui qui écrabouille son frère. Et j'ai donné à cette prédiction un rôle de garde-fou.

Avoir une mère actrice, c'est connaître son Narcisse sur le bout des doigts. Elle nous le répétait : « À interpréter un autre que soi en donnant tout de soi, on est plongé dans le chaudron des émotions. » Et nous avec ! À la maison on avait une maman star mais dehors elle cachetonnait. Elle n'en montrait rien, jouant à la perfection son rôle d'actrice comblée. Elle interdisait à l'amertume de passer notre porte et à l'aigreur de chiffonner son cœur. Elle avait eu des débuts faciles, prometteurs, un premier prix de conservatoire d'art dramatique, seulement elle était en province, obscure donc, et quelques premiers rôles des grands textes du répertoire joués dans des salles des fêtes n'y pouvaient rien. Elle nous a attendus si jeune, la grossesse gémellaire l'a obligée à rester allongée, qu'on ne sorte pas trop vite, les rôles, eux, ne l'ont pas attendue. Je la vois encore devant le grand miroir du salon, dans une robe longue en velours lie-de-vin, lacée dans le dos, avec des manches ballon, une encolure festonnée. Dedans elle avait l'air d'une actrice de cinéma, seulement de film il n'y en a pas eu un. Avant d'entrer en scène – les deux mètres carrés entre notre canapé et le miroir – elle relevait ses cheveux dans un chignon lâche, il y avait toujours une mèche, la même, qui s'échappait. Juste avant de déclamer, elle la suçotait sans s'en rendre compte, le trac. Elle débordait de sanglots, on y était habitués comme à son rire un peu trop fort. À la fin il y avait un silence et on l'applaudissait, il fallait qu'on ait mal aux mains, on était à nous deux une salle debout l'acclamant. On la mangeait des yeux. J'hésitais toujours entre elle et son reflet, me plaçais de manière à les attraper tous les deux. J'ai mis des mots plus tard sur sa rage à défendre la gamine en elle qui voulait tout et ce ne serait jamais trop. Je ne te demanderai rien, Julien, sur votre vie sans moi. On se roule soi-même à se vautrer dans ce qui aurait pu être. La culpabilité a mordu tout mon être, et ça ne se recoud pas.

Après son interprétation devant le miroir du salon, on l'observait remettre sans un mot la belle robe sur son cintre, elle refermait son armoire, on aurait dit que c'était elle qu'elle enfermait.

En une seule occasion on l'a vue jouer ailleurs que dans notre salon. À la demande de la directrice de l'école, à la fin de notre dernière année de maternelle, maman y a interprété Boucles d'Or. À la fois les trois ours et la petite fille. La cantine comme scène de théâtre, avec nous les enfants assis en tailleur par terre à quelques centimètres d'elle. En ours, elle portait une chapka, en petite fille, elle agitait exagérément de fausses boucles. Elle avait posé avant de dormir des rouleaux sur son crâne, et on avait été passablement perturbés de lui trouver un air de mémé avec sa mise en plis ! On l'avait découverte vieille soudain, soupçonnant qu'elle allait mourir un jour et une angoisse avait surgi, je l'ai lue dans tes yeux et toi dans les miens. Le lendemain matin, une fois les rouleaux retirés, on les a récupérés en douce et planqués au fond de notre cartable pour s'en débarrasser incognito dans la poubelle de l'école, ils ont dû se demander d'où ça venait. Comme s'il suffisait de jeter le futur qui nous l'aurait enlevée… On n'en avait évidemment pas conscience, on agissait. Mais trop vite on a appris que l'avenir choisit seul ce qu'il sera.

À la cantine, une foule de petites mains n'arrêtent pas de claquer pour maman. Les copains sont impressionnés. Les trois ours saluent et la chapka atterrit sur la tête de l'institutrice. La directrice s'approche avec deux roses jaunes, deux roses d'or, il nous revient à toi et moi de les offrir à la comédienne, et on a notre part d'applaudissements nous aussi. Je n'ai jamais autant aimé la cantine ! Et là… catastrophe ! Boucles d'or éclate en sanglots. Arrêt net de l'ovation. Maman enchaîne avec un sourire bravache, ça donne une belle grimace. Les mains de l'institutrice en restent suspendues, on dirait Jésus ! Bouclesdortroisours fait quelque chose de vraiment pas poli, elle part sans dire au revoir à personne. En laissant les roses, et elles se fanent d'un coup. Ça produit un drôle de mélange à l'intérieur de nous. Comme si on avait posé notre cœur sur un tapis bien moelleux et *vlan* on tire le tapis, le cœur ne suit pas. Quand j'y repense, c'est cette image qui me vient. Après les rouleaux de la veille sur sa tête de future mémé, ça faisait beaucoup. La fêlure d'une mère, elle est votre blessure à vie.

Jouer dans une cantine après des années sans vrai rôle ni scène où monter, l'accumulation de faux espoirs, d'attente déçue, de beaucoup de rien finalement l'avaient fait vaciller. Tous ces enfants, nous au premier rang, on était son échec. Comment continuer de le toiser ? On ne pouvait mettre aucun mot dessus mais quel fracas en nous ! Et on a assisté impuissants à sa fuite. Deux petits bonshommes se demandant ce qu'ils avaient fait de mal. L'institutrice a fini par baisser les bras, elle tente de faire comme si de rien n'était mais pour le coup elle n'est pas bonne actrice. On la voit suivre des yeux maman sur le point de sortir de l'école et, Julien, on démarre en même temps. On a défense de franchir la grille mais en cet instant on s'en fiche, on doit rattraper maman, être avec elle. On entend la maîtresse dans notre dos nous demander de l'attendre, on ne va pas risquer de perdre maman, on est déjà rue du Dragon à sa suite, les gens se retournent sur elle, cette fois ce n'est pas de la trouver belle. Le carrefour à quelques mètres n'est pas rassurant, elle a dû sentir qu'on la suivait, elle pile net et on glisse chacun une main dans les siennes, on ne dit rien, on ne veut pas l'obliger à s'occuper de nous, sûr on prendra soin d'elle. Le feu passe du rouge au vert, du vert au rouge, elle finit par s'accroupir à notre niveau, elle n'a plus rien d'une petite fille et ses fausses boucles d'or tout de travers font une drôle de tête. Il me semble encore sentir ses doigts glacés enserrant les miens. Elle est surprenante, la mémoire, elle range, ordonne, elle hiérarchise, elle fait le tri, elle nous trompe aussi, elle a de bonnes raisons.

On revient vers l'école, les gens s'écartent sur le trottoir, on ne laissera personne nous séparer. L'institutrice est là, de l'autre côté de la rue, elle ébauche un sourire. Si maman avait eu une sœur, j'aurais bien voulu en cette seconde que ce soit elle.

À la cantine, on nous a gardé une assiette pleine de gâteaux et trois verres de limonade. Un pour tous, tous pour une ! On trinque.

Chez les Dogons, les jumeaux possèdent une seule âme, et si l'un disparaît, l'autre, pour continuer à vivre, conserve l'absent sous forme d'effigie. Je souffle sur des cendres éteintes depuis longtemps. Parler les attise, aussi froides soient-elles. Au point de nous y brûler ? Tout est gelé en moi.

Les Mayas, eux, ont fait une légende d'une dynastie de jumeaux. Hun Hunahpu et Vucub Hunahpu s'en sont trouvés décapités, mais qu'une princesse s'arrête devant leur dépouille, qu'elle caresse la tête du premier, que Hun Hunahpu lui crache dessus et elle en est fécondée. Le sang coagulé de l'arbre où pendait la tête du jumeau deviendra le cœur factice qui sauvera la princesse Ixquic du courroux de son père face à une union contre nature et l'histoire peut se poursuivre, avec deux nouveau-nés, évidemment des jumeaux. Dans le Popol Vuh, le livre sacré des Mayas, on les voit assis en tailleur de profil, bras croisés, l'un derrière l'autre. Ils ont de drôles de coiffes qui ont l'air de se payer leur tête. L'extrémité d'une ceinture pointe de leur bas-ventre, elle sort du cadre, on dirait une pince. Quelle cicatrice aura-t-elle laissée ?

Nous ne comprenions pas, et maman la première, que les gens ne nous différencient pas. Ça nous paraissait évident de reconnaître qui de nous deux était l'autre. Les mêmes et absolument pas. On refusait d'être coiffés différemment ou de se vêtir avec une couleur qui nous identifierait, on était jumeaux, pas des criminels ! À l'école, nos premières pages d'écriture étaient à tel point semblables, les mêmes fautes aux mêmes mots, que l'institutrice en a été troublée, elle nous a changés de place, chacun assis à un bout de la classe comme si on trichait. À première vue on était des copies conformes mais on ne copiait pas.

Maman ne s'est jamais trompée, elle nous identifiait même de dos. Elle devait avoir ses repères, on ne voulait pas savoir lesquels, juste qu'elle nous reconnaisse. Imaginez un gosse qui verrait son père ou sa mère hésiter chaque fois devant lui ! Pépé et mémé se mélangeaient allègrement les pinceaux, on ne leur en tenait pas rigueur, c'était que de la joie chez eux à La Palmyre. Maman nous y laissait chaque vacances et ça lui en faisait à elle aussi. On attendait le soir de lui téléphoner, raconter les aventures de la journée, on voulait qu'elle ne manque rien. Au téléphone il lui était en revanche difficile de nous différencier, on en a fait un jeu avec des indices et ça durait, durait, et elle n'était plus autant partie.

Je ne suis pas retourné dans notre quartier, à notre adresse rue Madame rebaptisée par maman la rue Milady. Elle n'hésitait pas à l'écrire au dos de ses courriers, ou de nos dossiers d'inscription, et le facteur a été d'accord mais juste pour nous ! C'était tout maman, faire une réalité d'une pure fiction. On a grandi dedans, et dans le jardin du Luxembourg, halte obligée après l'école. À nous les balançoires, à elle la fontaine Médicis pour son cyclope ravissant Acis à Galatée. C'est un mot qu'elle aimait, maman, « ravir »... On n'est pas ravi d'être enlevé.

Le dimanche, elle nous embarquait dans de grandes marches à travers Paris. D'une impasse, elle faisait une perspective, d'un banc, une île. Deux arbres et on était à la campagne. Elle traquait la vie derrière les fenêtres, elle cherchait les histoires. Je me rappelle une baie vitrée en rez-de-chaussée rue Monsieur-le-Prince et derrière une petite fille en tutu sur des pointes, un peu ronde, les cuisses dures, concentrée. Elle m'a donné envie de danser avec elle. Me voyant la regarder, la fillette a multiplié les entrechats, osé une remarquable virevolte, avant de quitter la pièce, quel port de reine elle avait ! Je n'en ai pas dit un mot de mon coup de foudre, mais le dimanche suivant, maman, qui changeait systématiquement d'itinéraire, a pris la même direction. À mesure que l'on approchait de la baie vitrée et de son tutu, j'ai eu une bouffée d'amour, pas pour la danseuse, mais pour celle nous y conduisant. Elle avait tout compris, c'était une maman.

Le lendemain, on partait à La Palmyre et, de là, Venise. Quatre décennies ont passé et il m'arrive encore de penser à la petite ballerine derrière sa fenêtre. Je lui avais donné tous les rendez-vous du monde. Ses jambes, qui les aura fait danser à ma place ? Du temps de la rue Milady, je prenais énormément de plaisir à vivre. Je ne le savais pas. Je n'arrête pas de le savoir.

Je me fais des muscles en soulevant à tour de bras les boules de pétanque de pépé. Je gonfle les biceps matin, midi et soir, espérant chaque fois qu'ils aient doublé de volume. Notre morphologie de gringalets me préoccupait. Toi, Julien, tu pensais davantage à préparer l'apéro avec maman et mémé, évidemment du jus de tomate maison que l'on savoure pendant la partie de boules, « en taquinant le cochonnet », comme aime à le répéter pépé.

En vrai il n'est pas le père de maman, il l'a adoptée elle ne marchait pas encore. Elle l'a toujours su. Il n'y a que des secrets de polichinelle pour un gosse, les grands feraient bien de se le dire une fois pour toutes. Maman a préféré ne pas nous cacher les circonstances de la mort de celui qui n'a pas eu l'occasion d'être notre grand-père. Et juste avant nos huit ans, elle en a fait un conte qui ne l'était pas.

Il était une fois une petite à peine sortie du berceau, elle fait ses dents et elle en bave – maman narrait son histoire à grand renfort de bulles de bave ! *La petite a escaladé elle ne sait trop comment son lit à barreaux et se retrouve par terre, tout un territoire à conquérir. Il règne dans la maison un silence qu'elle n'aime pas, elle veut en sortir. La porte de sa chambre est entrouverte et elle se retrouve dans le couloir, attirée par le flot de lumière devant la porte d'entrée grande ouverte. L'été est le bienvenu dans la maison. Elle traverse un nuage de particules inconnues, scintillantes, elle n'arrive pas à les attraper, tant pis. Dehors l'attire, elle y trouvera sûrement quelqu'un, elle veut bien être un peu grondée pour ne plus être seule où elle n'a pas le droit d'avancer. Tout est si gigantesque, le ciel surtout* – et là maman faisait la toupie. *La petite opte pour l'herbe, plus douce pour ses genoux, elle aperçoit le grand pin contre lequel son papa aime s'asseoir, elle tourne autour, les aiguilles du pin la piquent mais ce n'est pas grave. C'est ici qu'elle s'est assise pour la première fois. Le lendemain d'un orage. Elle avait entendu ses parents se disputer tellement fort, ils en avaient couvert le tonnerre et son air méchant, sans que cela la rassure. Puis ils ne s'étaient plus parlé du tout. Et quelque chose avait changé dans la maison, on aurait dit qu'elle avait froid. La petite fille ne veut pas y penser, elle aime l'odeur des aiguilles du pin, tout en est imprégné, sa maman les fait brûler dans chaque pièce, « comme une magicienne », a souvent dit son papa, et il ne le dit plus. Ils devraient être là avec elle, qui ne devrait pas être là. Quelque chose ne va pas, même l'ombre de l'arbre ne va pas. Adossée au tronc, la petite fille regarde en l'air. Mais... qu'est-ce que... ? « Papa ! Papa ! » Pourquoi il lui fait peur ? Elle n'a jamais rencontré la peur, elles ne vont pas s'entendre, elle se dresse contre. Contre le tronc, contre l'ombre, contre la peur. Elle ne s'était jamais mise debout toute seule* – et maman se relevait d'un tel bond qu'on avait un mouvement de recul ! *C'est ça alors ? Son papa a fait exprès de grimper dans l'arbre pour l'obliger à se lever ! Elle en est soulagée, pas grave s'il ne lui répond pas, en tendant le bras elle arrivera à le toucher* – on la connaît, son histoire, on voudrait empêcher la petite fille de tendre son bras, arrêter maman. On n'ose pas. *La petite essaye de garder l'équilibre, elle ne pense plus à appeler son papa, juste à l'atteindre. Le soleil a tourné, l'ombre a bougé mais pas celui-là dans le pin, même s'il se balance infimement, le papapendu.* On n'est plus dans un conte, quoi que maman ou la petite fille se racontent. Elles savent l'une et l'autre, qui sont une et pas tout à fait entière, que certains souvenirs font mal à la vie. Les enfants aiment être effrayés mais pour de faux, que ce soit sans risque, sans douleur, sans perdre rien.

La petite fille ne laissera pas son papa qui l'a abandonnée la quitter tout à fait. On peut mourir et vivre longtemps. On peut vivre et mourir chaque jour.

Chaque fois, en repartant de chez pépé et mémé après nous y avoir déposés, il y avait cet instant où maman, longeant le pin, levait le poing. Elle savait qu'on la regardait, elle ne se retournerait pas, continuerait d'avancer jusqu'à la voiture poing dressé. Après tout elle était vivante, et ce poing était sa force, sa hardiesse qu'elle nous transmettait.

En s'autorisant un remariage hâtif, mémé qui n'était pas encore mémé a décidé d'appeler un chat un chat, et de ne pas laisser le suicidé la hanter. Le père de maman qui n'avait pas sept vies était mort de vouloir trop de l'existence, trop d'amour qui se lasse, trop de soleil qui ne se lève pas forcément. Et d'écouter en boucle des adagios. Mémé avait donné à la petite un papa tout nouveau tout beau, qu'il pleuve, qu'il neige ou qu'il vente, et bien plus bossa nova qu'adagios ! Elle ne prendrait plus aucun risque avec la mélancolie mais n'aura pu empêcher sa fille d'en être submergée dans une cantine où deux gamins ont vu pleurer Boucles d'or. Le pin a continué de grandir mais alentour tout a rétréci à mesure que les lotissements ont poussé à La Palmyre, et Royan n'a plus été une autre planète. La vague du surf est arrivée dans le coin juste avec notre naissance. Maman regardait l'océan de loin, arpentant la côte sauvage, ses quinze kilomètres de plage en ligne droite, et le vent toute l'année. Les bandes de garçons arrimés le jour à leur planche l'auront le soir bien occupée.

Dans l'appartement rue Milady où tu vis encore, Julien, il y avait une photo encadrée, un cliché en noir et blanc, une photo de classe, jaunie, elle avait ceci de mystérieux qu'aucun de nous trois n'était dessus. Le gosse sur la photo, c'est le papapendu, la petite fille ne l'a plus appelé autrement.

Enfant, maman aura entendu je ne sais combien de fois à quel point elle ressemblait à pépé. Ça la révoltait, mais par délicatesse envers son père adoptif qui ne rectifiait pas elle ne pipait mot. Heureusement, il y avait cette photo pour bien lui montrer qui elle était. La première fois qu'elle la remarque, elle a cinq ans, l'âge même de son père dessus, et la petite pointe du doigt la tête blonde au troisième rang ; on dirait elle mais elle ne reconnaît aucun de ses camarades de classe.

Ce que révèle la photo, c'est le sang qui coule et ne blesse pas. Une image d'un passé inaccessible et elle transcende l'absence définitive. Ressembler à un garçon ne l'a pas une seconde embêtée, la petite fille se sent belle de ressembler à un qui manque.

Un tout autre genre de point aura finalement eu raison du poing dressé de maman, et elle ne l'a plus desserré.

Un petit point à Venise, cuisses à l'air, lui aussi on l'a dressé.

Il y a un homme qui marche, des allées et venues place Saint-Marc, il ne s'approche pas, mais il est là. Il était là hier, avant-hier, il ne s'adresse à personne, reste à distance et déjà il me tient. Il a commencé de manœuvrer et je ne m'en rends pas compte, il ne manifeste aucun intérêt pour moi, fait celui qui ne me regarde pas. Depuis trois jours il occupe le terrain et il m'a trouvé. Il n'hésitera pas. Il y en a un qui est là, il va, il vient, et il me ferre. Il va nous massacrer. Vous deux, maman et Julien, vous avez de la *panna* plein les yeux d'avoir le nez dedans.

Elle dure longtemps, la fin d'une enfance les poings serrés sans pouvoir les décoller de mon corps. Demain a fini d'exister.

Italie

Bari

L'enfant se déshabille seul, le plus lentement possible, ses vêtements sont soigneusement pliés, ses gestes sont sûrs, rien ne doit tomber, le sol est glacé. Ses yeux fixent la céramique, évier, bidet, la blancheur le happe. Que ressent-il ? La frayeur ? Une stupeur ? Il est un poisson dans le long bec d'un pélican. Il n'en sortira pas. Il est si long, le gosier où il tombe.

La baignoire sabot est à demi remplie d'une eau savonneuse, le rebord dur, il le sait. La pièce est noyée de buée. Il voudrait être cette buée, il irait se coller au plafond le temps qu'il faut, planqué là, plaqué à l'espoir que l'autre l'oublie et la femme aussi. L'enfant n'a pas le droit d'ouvrir la fenêtre, il a essayé une fois, la poignée lui est restée dans les mains. Il a tenté de le cacher, évidemment ça n'a pas marché, la pièce en était toute changée sans la poignée à sa place. La femme a fait semblant de ne pas le voir mais elle a tressailli, en a eu un air encore plus abattu. Elle a reculé, n'a pas osé le regarder, et elle a refermé la porte plus lentement. Ce n'est pas possible, ce que l'autre lui a fait.

L'enfant ne recommencera pas, et pour ne pas y penser, à s'échapper, il remplace la fenêtre par un mur inviolable. Selon les jours il y enfonce des clous, des barbelés, des ronces, des tessons de bouteille, tout ce qui pourrait lui arracher la chair jusqu'à écorcher ses viscères. Il doit convoquer ces images pour accepter ce qui va arriver, pour arrêter d'espérer que cela s'arrête, ne pas y laisser la toute petite vie qui lui reste, d'elle ou de lui il ne sait pas lequel s'accroche à l'autre. L'enfant est trop petit pour se formuler les choses ainsi, les mots viendront plus tard.

Pour s'immerger totalement dans la baignoire sabot il s'enroule sur lui-même, corps ramassé il bascule sur le flanc, ne reste dehors qu'une épaule, la seule à ne pas rougir. Au moment d'entrer dans le bain, il redoute la brûlure d'une eau beaucoup trop chaude, ses pieds, ses mains rechignent, les extrémités plus froides le lancent et le cuisent, dans trois minutes il ressemblera à une langouste qu'il n'a pas encore goûtée. Dans le bain, le savon dessine une traînée, tout un monde d'une eau trouble. De son index le petit en suit le cours et il ne pense plus à ne pas respirer, il invente des cratères, d'atteindre la lune, il souffle quelques rides à la surface, il s'amuse, c'est un enfant. Les genoux serrés soudés à son menton, il rabat ses épaules comme on le ferait des pans d'une cape pour se protéger de la tempête. Il fait le dos rond et ses vertèbres appuient sur la faïence, il est un petit chat que l'on noie sans même avoir besoin de le tenir par l'échine. Il a bloqué sa respiration, pince ses narines pour empêcher l'eau d'y entrer, il tient. Et pour s'aider il compte dans sa tête, dix-sept, dix-huit, dix-neuf, il ne s'autorisera à la relever qu'après vingt. Il a réussi quelque chose, il n'est pas qu'une faillite. C'est sous l'eau qu'il respire, pourtant chaque fois il cède, sort la tête, il hait l'air qui le sauve. De nouveau il s'enfonce, bouche, narines closes, recommence jusqu'à ce que l'eau devienne froide. Il a obligation de se savonner, de n'oublier aucun trou, que ça sente bon là-dedans, on le lui a bien recommandé. Les premières fois ce n'était jamais assez, la femme le récurait, et elle frottait, frottait, l'enfant ignorait qu'un gant de toilette pouvait faire mal. Elle voulait lui enlever quoi ?

Dans cinq ans, m'immerger dans la baignoire sabot ne sera plus possible. Ma tête ne voudra plus y entrer et il n'y aura plus de répit. Sous l'eau, j'écoute un silence qui va se dispersant par tous les pores dilatés de mon corps. Il y a des sons terribles à la surface, ils n'ont rien de bon. Pour m'en défendre à huit ans, neuf, dix, onze, douze, treize ans, assis dans l'eau tiède je vais pisser. L'urine enveloppe mes cuisses, elle encercle d'une autre chaleur mes chevilles, ma taille, elle se répand, plus bas derrière où il faut être propre. En souillant l'eau qui devrait me laver, j'en suis moins profané, m'en persuade intuitivement. J'épargne mon visage et mes cheveux, utilise la serviette uniquement pour les essuyer, bain après bain je m'enveloppe de mon urine ; j'en attraperai des petits boutons, surtout à l'aine. J'ignore tout de ce mot, je suis si petit. Quand je le découvrirai, j'en serai terrassé. Par l'évidence. En éprouverai une sorte de triomphe, je suis un sac d'urine, et l'abusé, c'est l'autre.

Aimanté à l'eau qui s'échappe, je vide la baignoire, rince méticuleusement les parois, il ne reste aucune trace. Je me coiffe, je m'applique à réussir ma raie sur le côté, qu'elle soit droite, je regarde dans la glace et… rien. Il y a un flou vaporeux où je devrais être. L'index qui vient d'inventer des cratères lunaires dans l'eau pourrait me dessiner mais non, c'est mieux comme ça. Je ne peux pas me voir.

J'écoute les bruits de la maison, selon ce qu'ils annoncent j'ai appris à les craindre, à les remercier parfois. La femme ne me fera pas de mal. Je l'entends bouger en bas dans la cuisine, la porte du frigidaire, d'un placard, elle prépare la soupe, ce sont les gentils bruits de la maison, j'écoute ma faim qui sent bon. Bientôt elle m'appellera et je pourrai couper autant de pain que je le souhaite dans mon assiette, me resservir. On déjeune rien que tous les deux, le soir on est trois. On n'a rien à se dire, on est prudents. On est débranchés. Je débarrasse la table, essuie la vaisselle, elle me dit que ça va, et je remonte attendre. Il y a des verrous à toutes les portes, sauf à celle de ma chambre.

Je lui ai donné un nom à l'autre. Étrangleur, zigouilleur, terreur, le grand monstre. Une hideuserie. Il est tout ça, Le Gargouilleur. Il est mon professeur aussi. Il m'apprend l'italien. Patiemment. Il aime me donner du « *mio ragazzo* ». J'ai quelques manuels dans ma chambre, des cahiers à petits carreaux et un stylo à plume avec autant de cartouches que je veux, à la condition que je ne me tache pas. Il n'y a pas de bureau, j'écris allongé à plat ventre sur le plancher. Au niveau des plinthes. Un jour, je ne peux empêcher une goutte d'encre de tomber sur le parquet, je n'arrive pas à l'effacer. Il me confisque toutes mes cartouches, j'hérite d'un Bic au capuchon mâchouillé, il me révulse. Il est l'ogre, le loup, le féroce, le cruel, un bloc de mal.

La femme, elle, est une sorte de montagne mais seulement quand elle se déplace, elle n'est pas grosse, au contraire, ce sont ses chevilles, comme si toute la graisse y était tombée, le reste est osseux. En toute saison elle s'affuble systématiquement de plusieurs couches de vêtements, elle aussi abrite un enfant qui a froid. Elle se déplace, masse compacte d'automate, sans faire trembler qui que ce soit, lourde aussi maigre soit-elle. Une bête de somme, incapable de gravir ce monceau d'hébétude qu'elle est. Bonne cuisinière, ses spécialités sont les oursins aux amandes, le poulpe à l'ail des ours et une polenta croustillante au parmesan. « La meilleure de toute l'Italie », Le Gargouilleur ne la complimente pas, il s'en vante comme si c'était lui qui l'avait faite. Je m'interdis de m'en régaler, d'en reprendre. Il n'y a que la soupe qu'elle rate, elle n'aime pas la préparer, elle la rallonge avec trop d'eau, qu'elle dure toute la semaine. Elle est fade même en y laissant la salière, j'en reprends comme si c'était ce qu'elle fait de mieux, comme si l'infect était le meilleur qu'elle puisse. J'éprouve à son égard des émotions divergentes, et dans ma jeune carcasse elles ne me font pas de bien, ajoutent au désordre d'un gosse lessivé par ses impressions contraires, où domine la nécessité de sortir de ce cauchemar. J'aurais voulu, Julien, être somnambule jour et nuit, traverser tout ça sans m'en rendre compte. Je n'ai que mes boyaux pour expulser Le Gargouilleur, et je ne me retiens pas. Je me vide, de toute sa saleté, deux, trois fois par jour, je la chie, et ça pue.

Dans certaines circonstances Le Gargouilleur écoute à plein volume « Be Bop A Lula », il en est plus effrayant encore. « *Be-bop-A-Lula she's my baby Be-bop-A-Lula I don't mean maybe.* » *Baby*, je le savais, c'est bébé ; mais ça veut dire quoi de le hurler en poussant le son à fond dans les voitures où il m'oblige à monter ? Je l'ai pourtant appris, cela veut dire que nous allons prendre une route où nous ne croiserons personne, la mer ne doit pas être loin, il y a du sel sur le carreau où mes doigts glissent de vouloir m'y retenir. La voiture est arrêtée, nous sommes descendus, mon pantalon aussi. Peut-être la pulpe de mes doigts a-t-elle le goût de mes larmes. Ce n'est pas assez. Il me fait remonter dans la voiture, me demande d'ouvrir grand la bouche, « Comme chez le dentiste », indique-t-il, et moi je ne lui dis pas que je n'y suis jamais allé, que maman avait pris le rendez-vous pour avant la rentrée, au retour de Venise ; avec mission de se brosser encore plus les dents pendant les grandes vacances et on n'aurait pas de caries. J'ouvre grand la bouche mais tête en avant, chez le dentiste ce serait en arrière, il dit n'importe quoi Le Gargouilleur ! Il dit aussi de faire attention ou ça bardera. Il conduit lentement, évite les secousses, on fait de notre mieux tous les deux. Je deviens *il*, et *il* aura les petites coupures au coin des lèvres, elles n'ont pas le temps de se refermer, pas de citron sur les oursins ou cela piquerait trop.

L'enfant s'applique, il ne veut pas être battu et doit tenir le temps nécessaire sous le tableau de bord. Interdiction d'avoir mal au cœur. Pour y arriver il fait comme dans la baignoire quand il est sous l'eau, il compte, s'oblige à arriver après vingt, mais sans pouvoir se pincer le nez. Nous allons jusqu'au bout du chemin qui est long, et puis ça vient, l'enfant doit boire, n'a pas le droit d'essuyer ce qu'il n'aura pas pu avaler. Il le laissera sécher, faire une croûte. L'enfant appuie son dos contre le siège, il regarde droit devant.

Passé, présent, futur, je ne sais où on en est, j'invente un temps sans adulte, même maman. Sans Italie. Un temps où personne ne me trouvera. Et j'arrive, oh un tout petit peu, à ne plus être assis à l'avant à côté d'un qui depuis qu'il a remonté sa braguette n'a pas arrêté de fredonner « *Be-bop-A-Lula she's my baby Be-bop-A-Lula I don't mean maybe* ». Ce n'est pas moi sur la route du retour quand il me prie « Allez, chante toi aussi. Répète *Be-bop-A-Lula she's my baby*. Tu vois ? C'est facile. Je t'apprends l'anglais en même temps. C'est important de parler anglais, *mio ragazzo*. » Je ne suis pas son *mio ragazzo* ! Pourquoi ce volant je ne le tourne pas et on s'écraserait contre un arbre. La petite fille de l'histoire de maman le sait, les arbres peuvent tout arrêter. Non, ma main n'approchera pas du volant, je la lui abandonne, il l'installe, la garde, et me donne mon sucre. « Tu me combles. » Et j'apprends qu'en comblant un trou on enterre un enfant.

« On va commencer par chercher une nouvelle tapisserie pour ta chambre. Tu vas la choisir, toi, tu es content ? » Il le dit avec une gentillesse qu'il aura ensuite quand on découpera ensemble des articles de presse sur le vélo, sa marotte. Décorer ce qu'il appelle ma chambre me plonge dans un désarroi encore plus profond, cette attention me violente. Plus tard je l'associerai à un mirage dans le désert pour celui qui n'a plus de chameau, plus d'eau. Il se sait condamné, n'a plus de salive, et il mourra la face dans une flaque qu'il aura cru voir dans un ultime éblouissement.

Cette décoration spécialement pour moi, j'en fais presque une romance, tant j'ai besoin d'inventer quelque chose qui ne soit pas uniquement un effroi. La gentillesse qu'aura parfois mon bourreau est cette illusion insuffisante à épargner celui qui fabule d'être sauvé. Cela ne m'empêche pas d'être avide de la moindre bonté que Le Gargouilleur pourrait avoir envers moi, il l'octroie sans prévenir, rarement. Je fais durer, y puise le courage d'affronter ce qui suivra immanquablement.

L'automne après mon enlèvement, celui que je n'ai pas encore renommé Le Gargouilleur m'offre un nuancier pour tapisserie, il m'a aussi fait cadeau d'une côte froissée en me tirant de force dans une des ruelles jouxtant la place Saint-Marc. D'aucuns y auront vu un gosse dans un jeu de mains jeu de vilain avec un adulte rigolard. La grande main enveloppe tout mon crâne et me plaque contre un ventre et des gargouillis, de mal élevé, aurait dit maman. La boucle de ceinturon laissera une vilaine entaille sur mon menton, je chercherai du bout du doigt un nombre de fois incalculable l'infime boursouflure qui en restera, espérant ne pas la trouver et rien ne serait arrivé. Aujourd'hui, elle est toujours là, sous une barbe pour empêcher que je la touche.

À Venise, la ruelle débouche sur une impasse. Vite, l'homme applique un mouchoir sur mon visage et une odeur violente m'emporte jusque dans cette chambre à retapisser. Pendant un long moment je n'en sors que pour déjeuner en bas dans la cuisine avec la femme. Les jours raccourcissent, je guette derrière la fenêtre les sirènes d'ambulance, de policiers et de pompiers, leur hurlement qui approche, et je me fige, espérant qu'elles viennent me chercher, je les attends tellement, mais non elles passent et s'éloignent. Dans la rue, j'entends des *ciao*, des *buonjourno*, des *arrivederchi*, maman nous les avait appris avant de partir pour commencer déjà l'aventure. Je me dis que la France est à côté de l'Italie, que maman n'est pas loin.

Je finis par déchirer mon short trop court, c'est tout ce que je peux faire. Les premiers temps la femme me porte mon petit déjeuner dans la chambre, je l'entends monter l'escalier, rester derrière la porte ; je regarde systématiquement par la fenêtre, lui oppose mon dos. Je fixe la voie ferrée en contrebas, elle ne saura pas à quel point je l'attends. Il n'y a pas un gramme d'air dans la pièce où on me laisse. Essuyer la sueur au-dessus de mes lèvres est ma principale occupation. Je passe sous l'eau froide le gant laissé sur le bord du lavabo dans la chambre, le tiens longtemps sur mes paupières comme si cela pouvait changer le décor où l'on m'isole. Je me sens tout à fait le petit-fils du papapendu.

La femme me tend le plateau puis elle effleure mes cheveux, mais comme si elle n'en avait pas le droit, elle essaye de me sourire, n'y arrive pas. Je constate qu'elle a les dents jaunes, couleur beurre-frais. Maman ne nous lâchait pas sur la blancheur des nôtres, sa rengaine quotidienne, l'éclat de notre émail. On en était responsables, il ne tenait qu'à nous de le conserver, etc. Cela ne me surprendrait pas, Julien, que tu aies gardé le sablier posé à côté du dentifrice. Il ne servait pas à cuire les œufs coque mais à minuter le temps du brossage, on n'aurait pas eu idée de tricher, ce qu'on était fiers de lui montrer nos dents toutes propres, elle nous plantait des baisers dessus mais vraiment dessus. J'aurais voulu dire à la femme de prendre soin de son émail, que ce jaune, vraiment… on en ferait des tartines… Si ça continuait elle sourirait jaune tout le temps. À treize ans pas à huit, c'est le genre de blague que je pouvais passer la journée à répéter dans ma tête. Il y avait tellement de malheur dans cette maison, dans ma bouche ; et partout en moi l'épouvante.

Ce premier automne, la porte de ma chambre ne s'ouvre qu'au moment où la femme y entre ou en sort. Je tente une fois de la pousser pour passer, ça ne marche pas. On y récolte seulement des bosses et une tension supplémentaire, quelques sanglots rentrés, tous les deux. Elle ne peut pas me laisser m'enfuir, c'est aussi simple que cela. Je pourrais tourner la poignée et sortir, mais après il y a d'autres portes infranchissables.

Elle vide le seau à la tombée de la nuit, j'apprends à ne plus être gêné par la merde que j'y expulse, les parois en sont recouvertes. Si elle frotte le seau comme ses dents, c'est fête pour les microbes, sûr qu'ils vont se faufiler dans mon trou, remonter et me grignoter l'intérieur, voilà ce que je me raconte quand j'ai mal au ventre d'être constipé. On me fait boire des litres de jus de pomme et ça passe.

Le bain, c'est juste une fois par semaine, les autres jours je me lave au gant à l'évier, je n'oublie pas les aisselles comme maman nous l'a appris. Entre les doigts de pied aussi, je veux qu'elle continue d'être contente de moi. Je ne peux pas faire autrement que penser à nous trois même si cela agrandit la tristesse. Mais un jour j'arrête, l'espoir ne fait pas forcément vivre, non. L'espoir, ce ne sont que des lettres attachées, et elles m'entravent. Un prisonnier ne peut pas ajouter à son enfermement, et à la fin je me garde de vous, mes tant aimés. Et crois me libérer de vous. Je ne laisse plus le souvenir me ronger, et j'arriverai à rester vivant.

On change la tapisserie, je l'ai choisie rouge avec dedans des fleurs de lys plus sombres, en relief. Maman nous avait lu le passage où la Milady de d'Artagnan, d'Athos et du bourreau de Lille tremble devant cette fleur de la honte tatouée sur son épaule. Je suis loin de la rue Milady mais, en choisissant un papier peint que maman aurait immanquablement préféré, j'ai l'impression de le regarder avec ses yeux. La fleur de lys en paraît vivante, elle sort du mur comme d'un jardin. Ou de l'épaule d'une femme qui plaît à maman. J'ai besoin que mon imagination ne soit pas que du noir, j'avance la main, cueille des lys, en fais des bouquets plus gros que moi, et je me cache dedans, y enfouis bien plus que mon visage. Pourquoi Le Gargouilleur m'a-t-il fait ce nouveau décor ? À qui était destiné le paysage de montagnes peint sur les murs à mon arrivée ?

Mon ravisseur me félicite de mon choix, la nouvelle tapisserie lui plaît. Par la suite, il lui arrivera de m'offrir de vrais lys dont il aura préalablement ôté les étamines, il ne veut pas qu'elles me salissent ; et il le dit sans rire.

Je l'aide à poser la toile sur les murs, il se débrouille vraiment, je me formule que pépé n'aurait pas mieux fait. Je passe le rouleau à colle, m'applique, je veux bien faire, mais à la fin je ne lui dis pas que Oui elle est belle ma chambre, et quand avec un geste de magicien qui a réussi son tour il pose le dernier lambeau de papier, je détourne exprès la tête, je découvre que moi aussi je peux lui faire mal. Sans que cela me fasse du bien.

Je voudrais que l'on soit amis, qu'il me ramène chez nous, à ce moment-là je crois encore que ça peut arriver, qu'il s'est trompé, il va s'en rendre compte et ce ne sera pas grave. Je m'y accroche par nécessité. Seulement, mes pieds, mes jambes, tout mon buste, mon cerveau sont dans le vide, et il est tellement profond, ce vide, ça ne sert à rien d'essayer d'en voir la fin. Est-ce que l'on peut se forcer à ne pas désespérer ? Pour un enfant, la frontière est si mince entre son monde imaginaire et la réalité même la pire. Je les chevauche, mes chimères, inlassablement. Je deviens plus minuscule que minuscule et je m'échappe par une fenêtre inexorablement fermée. C'est avant l'inconcevable que tout en moi redoute et rejette parce que je sais bien sûr ce qui m'attend. À huit ans, je n'ai pas d'images, pas de mots, mais je le sais.

Les premières semaines après l'enlèvement, Julien, je me suis blotti un nombre incalculable de fois dans nos retrouvailles. Je les obligeais à ne pas quitter mon esprit et j'arrivais à convoquer l'instant où je me jetterais contre le ventre de maman et rien d'autre n'existerait. Je l'exhortais, cet instant, de ne pas finir, de ne pas me quitter. Toute cette horreur allait cesser et pour y arriver à ce moment-là il ne fallait pas s'arrêter de vivre. Les bons jours, où j'étais plus fort, plus résistant, je me racontais que pour mon ravisseur j'étais un jouet, tout le monde se lasse de son jouet, et j'aurais le droit de rentrer chez nous, Julien. Je connaissais notre adresse, ce serait facile de revenir où on habitait. Je répétais les phrases à lui dire pour qu'il voie bien que personne ne serait en colère, qu'il n'y avait pas de piège.

La chambre est refaite à neuf, Le Gargouilleur m'annonce que Noël approche. « Ce serait bien, non, de faire un sapin ? On le décorera ensemble. » Il revient triomphant avec, à l'en croire, le plus grand conifère de la ville. Il tient l'escabeau et j'accroche l'étoile tout en haut. Il m'encourage à faire un vœu : « Souhaite ce que tu veux, vas-y. » Le sapin perdra toutes ses épines, elles ont presque l'odeur du pin de la petite fille et son papapendu. Quant à l'étoile, elle finira par tomber et ne filera nulle part excepté aux ordures où mon vœu ira la rejoindre.

La veille de Noël, la femme prend un air apeuré qu'elle n'avait pas jusque-là. L'hiver, elle porte des collants de danseuse rose craie qui lui font des chevilles comme deux jambonneaux. Chaque fois que mes yeux tombent dessus, je pense à ma jeune danseuse rue Monsieur-le-Prince. Je le décide, un jour je la retrouverai. Je vais l'apprendre, tous les trésors ne sont pas faits pour être trouvés, ils existent uniquement pour qu'un enfant croie à celui qu'il aurait pu être.

Noël est là. Terminé, le divin enfant. Pour la première fois, j'ai un rond de serviette avec mon prénom. Peut-être Le Gargouilleur et la femme veulent-ils seulement m'adopter ? Ils n'ont pas le droit mais… ils ne sont pas des méchants forcément. À ce moment-là Le Gargouilleur ne m'a pas emmené faire un tour en voiture en poussant le volume à fond sur « Be Bop A Lula ».

On fête Noël, la femme ne lève pas le nez de son assiette, lui ne me lâche pas des yeux, je n'ai plus faim, je veux retourner dans ma chambre caresser les lys, retrouver l'épaule de maman rue Milady. Il ne me laisse pas remonter. « On a tout le temps, Benjamin. C'est un soir spécial. Goûte-moi ce panettone, tu peux te resservir. Tout à l'heure j'aurai un cadeau pour toi. » Je comprends immédiatement que je n'en voudrai pas, de son cadeau, et ne pourrai pas faire autrement que l'accepter. J'aurai une bonne raison d'obéir, tu vas découvrir laquelle, Julien. Mais pas tout de suite.

Ce 24 décembre, nous voilà alignés sur un canapé devant un écran allumé. Mon premier James Bond.

Le héros du Gargouilleur. La femme peine à se détendre, lui s'enthousiasme de me présenter l'agent 007. Il s'est mis au milieu, m'a assis à sa droite, c'est un canapé pour deux, pas pour trois, j'essaye de ne pas le toucher, je rentre les épaules comme dans la baignoire, mon dos n'adhère pas complètement au dossier. Il m'encourage à me mettre à l'aise et la pousse, elle, sur le bord, « pour que le petit soit mieux ». D'office il enferme ma main dans la sienne, il ne m'avait pas touché depuis Venise, j'observe qu'il porte le même ceinturon, ne peux empêcher mes cuisses de coller aux siennes. Générique. L'image se voile de sang. Le canon d'un Beretta ou l'objectif d'une caméra ? À moins que ce ne soit ma rétine.

Le Gargouilleur monte le son.

His days of asking are all gone. His fight goes on and on and on, but he thinks that the fight is worth it all, so he strikes like Thunderball[1].

Sur l'écran, il y a des femmes avec une chevelure de Méduse, des bras, des jambes se frôlent, se calquent l'un sur l'autre, des corps jumeaux, ce pourrait être nous, je me le suis sans doute formulé. Il m'arrive de penser qu'*Opération Tonnerre* m'aura conduit au Mexique une dizaine d'années plus tard. Au contact des raies manta, je ne pourrai m'empêcher de songer à ce générique un soir de Noël, et on m'a arraché mon enfance. Sur l'écran, le harpon fascinant et maléfique,

---

1. Ses jours de questionnements ne sont plus là
Ses combats continuent encore et encore
Mais il croit que le combat en vaut la peine
Alors il frappe comme Opération Tonnerre.

le surgissement d'un téton et, fugace, d'un pubis féminin, des giclées de bulles, leur phosphorescence couleur d'algues et de blessures. Les ombres mouvantes, menaçantes, d'autres lascives, elles entrent dans le cadre, se découpent dans un bleu très noir, jusqu'à ce que la mer se borde de rouge, en soit gorgée, et pour finir, l'obscurité envahit tout. Fin du générique.

Sans doute la diffusion du James Bond sur la Rai Uno le soir de Noël 76 aura-t-elle décidé de mon départ vers une mer chaude, nager au milieu de créatures animales que le héros harponne. J'ai adoré respirer par des vingt mètres de profondeur, retenir mon souffle, économiser l'oxygène, j'avais de l'entraînement, cinq années dans une baignoire. Il n'y aura plus de bord, plus de limite sous la mer, je m'y enfoncerai attiré par un risque, le détendeur collé à ma bouche me muselle et me protège. Bien-être de l'apesanteur, échapper à sa gravité, on est une bulle qui ne va pas crever. Les poissons tout comme dans le générique me frôleront, je serai à l'affût, ne remonterai pas sans avoir décapité une murène, sa sale gueule tachetée, prêt à lui trancher la tête, je ne laisserai rien d'autre me mordre. Le long cou sanglant qui est tout un corps s'affole, ma lame triture dedans, son sang ne me tachera pas, il glissera dans la mer, se dissoudra dans plus vaste que nous. Je jouirai d'être le prédateur, ne plus être la proie.

À la fin du film il faut aller se coucher, Le Gargouilleur a des attentions de mère, « Je viendrai te dire au revoir ». Première fois qu'il me dit au revoir au lit.

La femme n'agit pas comme d'habitude, elle ne me souhaite pas bonne nuit. Finalement je me décide, lui plante maladroitement un semblant de bisou sur la joue, ça aussi c'est inédit. Elle n'est pas mon ennemie. J'ai huit ans un soir de Noël, le cœur tendre encore. Le petit Jésus va bientôt naître, comme elle me manque maman toute belle, les dattes fourrées à la pâte d'amande, on se remplissait la bouche de délices, avant de s'endormir, repus d'amour, c'était des au revoir comme des serments. Évidemment, Julien, on en rajoutait, c'était à qui enverrait le plus de baisers volants et on le garderait jusqu'au matin notre sourire qui n'avait pas sommeil. Je ne veux pas me souvenir, je ne le veux pas. Je ne voulais pas.

Ce n'est pas une ombre de cinéma qui va me rejoindre, elle me couvre, me pénètre, elle m'écrase, traverse les murs. Elle a les mains moites, des pieds froids, pas un son n'en sort d'abord, puis elle n'arrêtera pas de grogner. L'ombre s'immobilise, recommence, elle prend, elle reprend. Elle n'hésite pas, s'empare de l'enfant, elle le déchire, et n'en laisse rien.

Elle a faim, l'ombre, et je suis si petit. Elle a vite fait de me dévorer. Je viens de rencontrer Le Gargouilleur, on a fait connaissance. Le lendemain, il m'annonce qu'on va voyager, on sillonnera l'Italie. « Tu aimerais retourner à Venise ? » Et c'est terrible, je reconnais l'exacte intonation de maman alors qu'elle nous demandait si on aimerait aller à Venise, et c'était devenu un horizon doré.

Tout ce qui s'écrit sur le vélo, Le Gargouilleur l'épluche. L'ensemble des quotidiens italiens y passe, il y ajoute quelques journaux français. Je ne l'ai jamais vu sur un vélo, à croire qu'il ne sait pas en faire, mais il a cette manie une fois chez lui de mettre des pinces à vélo sur son bas de pyjama, c'est le signal, on va découper les journaux, y chercher quelques pépites pour sa collection d'articles. Si tu savais, Julien, comme je me suis impliqué dans sa quête d'une information inédite sur le cyclisme, un beau portrait de Coppi l'enthousiasme et l'absorbe. Je traque dans les journaux tout ce qui s'écrit sur le vainqueur à deux reprises du doublé, Tour de France et Tour d'Italie. Je n'étais pas né mais il reste une légende, et un soir, je tombe à propos de Coppi sur une phrase dans le *Corriere della Serra* d'un certain Buzzati. « Ce jeune homme fluet chevauche les montagnes, l'une après l'autre, rien qu'avec le battement de son cœur. » Franchir des montagnes, forcer son cœur à ralentir pour qu'il continue de battre, avec courage et dans la souffrance. Et je lui colle aux roues, à Coppi, l'attends, mon échappée.

« On prend l'apéro », ces mots, Le Gargouilleur adore les dire, ils créent en lui une sorte de triomphe, on s'assied côte à côte en tailleur sur le tapis, on allume toutes les lampes de la pièce. À force, je connais suffisamment l'italien pour remarquer ses fautes, il dit « Branche et ferme la lumière » au lieu d'allumer et éteindre. Pour découper les articles il me réclame *le* ciseau, sa syntaxe aurait écorché les oreilles de maman, elle l'aurait repris inlassablement. Il est nul. Le corriger même en silence me fait du bien et il n'y a pas grand-chose qui me fasse du bien.

Il me sert une grenadine, surtout j'aurai droit à un fond de Lacryma Christi. Quand il y ajoute un glaçon avant de me tendre le verre, le bref claquement de la glace au contact du vin tiède me libère un peu de ma tension, je le guette, ce son, et vais comme n'importe quel enfant garder entre mes lèvres la goutte d'alcool à laquelle j'ai droit. Des centaines de roues de vélo en pleine page, je coupe droit, il en est satisfait, ma main ne tremble pas. Pendant le Tour de France, il délaisse les quotidiens italiens, se débrouille pour en récupérer des français, il me demande de les lui traduire, uniquement les articles consacrés au vélo mais je grappille ce que je peux. Je découpe un article relatant je ne sais quelle ascension en danseuse, et elle déboule, la petite en tutu de la rue Monsieur-le-Prince. Je trie, je tourne les pages, lis en diagonale dès qu'il s'agit de la France, j'espère tomber sur quelque chose de nous. C'est arrivé deux fois. La première avec un visage en pleine page, je reconnais cette femme, elle habitait notre rue ! On la croisait promenant son chien quand on rentrait de l'école, et on avait le droit de le caresser.

Elle portait de longues fourrures l'hiver, j'avais peur qu'elles ne touchent le trottoir et se salissent, je retenais ma main pour ne pas les remonter, oh juste un peu, et j'en aurai touché la chaude épaisseur. Je découvre que la dame au petit chien est une actrice, comme maman, et en même temps non. Elle est connue dans le monde entier, célébrée, ses fourrures peuvent bien balayer le trottoir. Dans l'article, elle évoque un couturier dont maman nous disait souvent qu'un jour elle s'offrirait son smoking et qu'il serait sa plus belle pièce. Cela m'avait intrigué, qu'un vêtement devienne une pièce de théâtre ! Mais j'aimais le mot, il était chic, brillait, et il donnait à maman un air de conspiratrice heureuse. Heureuse d'avance de le posséder, le porter et il la porterait elle. Alors on aurait un appartement plus grand, elle une vraie chambre, mais on resterait rue Milady, c'était notre rue. Et je le découvrais dans ce journal, celle d'une qui en 78 a déjà tourné dans une cinquantaine de films. L'article les citait, je n'ai pu lire leurs titres mais suis arrivé à les compter. Je lui en veux un peu, à l'actrice blonde, si au lieu de garder tous ces rôles elle en avait donné ne serait-ce qu'un à maman, Boucles d'or n'aurait pas éclaté en sanglots. On était gentils avec son chien, on lui gratouillait la tête. Avant de tourner la page, d'arriver à la rubrique Sports, j'invente qu'avec maman si triste sans moi, la grande actrice l'aura aidée à trouver un rôle, et il n'y aura pas eu que le pire avec Le Gargouilleur. J'ai du mal à croire à mon histoire.

L'actrice de la rue Madame n'a jamais arrêté d'être une star, d'être blonde, depuis elle a tourné plus de cent autres films ! Elle n'a pas changé d'adresse mais elle ignore habiter la rue Milady. Un rôle qu'elle n'a jamais joué.

La deuxième fois où je nous trouve dans le journal, quatre ans ont passé depuis mon enlèvement, on a douze ans, Julien. Je suis en train de découper un énième article sur Bernard Hinault, cette fois il va perdre le Tour de France, contraint d'abandonner à cause de son genou. Hinault, j'ai découpé ses victoires du Tour en 78, en 79, et en 81 au verso de la page je tombe sur un article annonçant la construction de la singerie au zoo de La Palmyre. Les animaux ont pu être sauvés alors ?! Le feu ne les a pas brûlés ?! J'en éprouve un soulagement disproportionné, comme si, les découvrant vivants, j'avais pu échapper au pire moi aussi. Quel coup de lance à la fin de l'article d'être revenu sans pouvoir y rester dans un lieu où nous avons été les plus heureux.

Maman-je-dis-tout nous étourdissait avec sa débauche d'émotions dégoupillées, son infatigable exubérance à oser. Danser dans la rue, pousser des cris de Sioux dans les magasins, donner du chérimontrésor à répétition à tous nos copains, nous avions une mère à débordement tout comme l'est une piscine dont l'eau n'arrête pas de se jeter dans un vide. Une mère luxueuse de ses émerveillements permanents, cette lumière particulière qu'ils lui donnaient et dont elle était prodigue. Même place Saint-Sulpice quand elle a déguerpi sans payer les consommations, où je n'ai pas suivi, et toi tu courais dans sa foulée. Avec Le Gargouilleur je vais apprendre à courir vite, à piquer des accélérations, à ne pas avoir de point de côté ni de claquage, à être endurant. Il voit mes jambes comme deux roues de vélo qui ne peuvent pas crever, et que rien ne doit arrêter. On s'entraîne chaque semaine au bout de ce chemin abandonné où il m'emmène, et qui a un goût de sel.

Il change de voiture chaque fois, il les « emprunte », procède comme avec les enfants, il porte son choix sur la plus simple à voler au moment où il en a besoin. Il va m'apprendre à crocheter une serrure, ce qu'il faut de notions en électricité pour établir le contact avec un fil dénudé, « Tu te débrouilles drôlement », il m'encourage, me dit que je suis doué pour mon âge, je suis ce gosse voulant que l'adulte qui l'élève soit content de lui. Seulement il ne m'élève pas. Certains mots selon l'intonation que l'on y met prennent un tout autre sens. « Je vais m'occuper de toi », il le fait, et m'a tout abîmé.

Il vit à Bari, je l'apprendrai le lendemain du premier Noël sur un panneau de sortie de ville, son centre est jalonné de grands sacs en toile de jute remplis de tomates séchées. Mémé y aurait été à son aise pour cuisiner. Je découvre que l'Italie ce n'est pas seulement Rome et Venise, l'Italie de maman. Je vais la parcourir pendant les cinq années où j'assisterai Le Gargouilleur dans son trafic. La femme ne bouge pas de la maison alors que nous n'y revenons pas sans avoir le coffre plein et cela peut prendre du temps. Après, ce qu'il fait du contenu du coffre, je l'ignore.

Il n'y a plus d'enfance en moi.

J'ai des démangeaisons, toujours envie de me gratter l'aine, je cultive mes petits boutons bain après bain d'urine, je n'ai pas la peau aimable. Je ne supporte aucun lainage, ni point de frottement d'un vêtement, les étiquettes ne sont jamais coupées assez à ras alors je les arrache, je fais des trous et la femme les reprise discrètement sans me gronder. Ce ne sont pas des vêtements neufs que l'on me donne, je vois bien qu'ils ont déjà été portés, il y en a plein l'armoire de ma chambre, une étagère par tranches d'âge, j'irai jusqu'à la plus haute.

À table, il n'y a de serviette que pour la femme et moi. Le Gargouilleur s'essuie les mains directement sur le bord de la nappe, doigts écartés bien à plat, la femme en tressaille systématiquement, ces manières la dérangent. Avant de sortir de ma chambre, je le remarque, Le Gargouilleur a là encore ce geste, doigts à plat, de s'essuyer sur ma peau qu'il vient de salir.

Tu as déjà essayé, Julien, de manger du pain mouillé ? Ça tient davantage du vomi que de la bouillie. Quelque chose qu'on ne devrait pas avoir dans la bouche, identique à ce que j'ai dans la tête.

La voie ferrée longe la maison, si les fleurs de lys de la tapisserie pouvaient faner, elles en auraient perdu leurs pétales tant les murs tremblent au passage du train. Les quelques cadres accrochés dans la montée d'escalier plein des rictus des victoires de Coppi ont souvent besoin d'être redressés, on évite de laisser la vaisselle trop en bout de table ou empilée. Ce qu'il y a de plus fragile réagit au passage des wagons sauf moi qui suis en morceaux. Je ne cherche même pas à savoir où il pourrait m'emmener, ce train. Trop souvent il me ramène à notre nuit de somnambulisme, et mes Tut Tut m'en paraissent encore plus effrayants.

Pour nos escapades, Le Gargouilleur remplit la boîte à gants de paquets de gâteaux secs, je les appelle les gâteaux remparts, des cousins de notre Petit Lu. Je les croque par le coin, créneau après créneau, petit bout par petit bout, je finis avec le centre, le colle à mon palais, attendant qu'il s'écroule. Le Gargouilleur ne me dit pas où l'on va mais je connais la chanson. « Be Bop A Lula », avec la musique en boucle, une adrénaline monte et le fouette. On n'écoute rien d'autre, et fort, très fort, on peut rouler quatre, cinq heures, ça hurle « *Be-Bop-A-Lula, BE-Bop-A-Lula, BE-BOP-A-Lula, BE-BOP-A-LULA* ». Ce grand silence en moi en est tout agité, pas assez rock, pas assez dément, il doit céder la place, ne peut rivaliser avec les éructations de celui qui tient le volant, tape en mesure sur le tableau de bord entre chaque changement de vitesse. Le Gargouilleur avance les épaules tête vers le pare-brise, recule dans son siège, a des mouvements de grand singe, il embarque parfois le volant dans sa danse, la voiture fait des écarts, il se tourne vers moi, hilare. « Allez, danse ! Mais danse ! Allez ! » Je me fige, je la reconnais, sa violence à fleur d'excitation. « Bouge, je te dis ! Bouge ! Les reins, les épaules, tu vas le faire, oui ! » Et il claque le volant. Je m'exécute, je suis son pantin désarticulé.

Au procès, la question n'a cessé d'être posée. Pourquoi ne me suis-je pas enfui ? J'aurais pu tromper son attention du moment qu'il m'emmenait sur les routes. Le dénoncer, le menacer d'une manière ou d'une autre. On est dans la rue, au milieu des gens, dans tous les endroits publics imaginables et possibles, et je ne lui échappe pas ? Je ne hurle pas ? On l'aurait arrêté. Je ne tente rien, pourquoi je fais ces choses horribles avec lui ? Un mot sortira : complice. Qu'est-ce que je réponds à ça ? Je ne réponds pas. Même à toi qui me le demanderas, m'en supplie à la barre. Et j'y arriverai, à te regarder sans rien dire. J'ai de bonnes raisons d'avoir agi ainsi, avoir refusé de te voir jusqu'à aujourd'hui, après avoir décliné les parloirs pendant la préventive. Il n'y a pas eu de retrouvailles.

En t'appelant ce matin, Julien, je t'ai promis un aveu. Seulement, avant, tu dois entendre le mal que j'ai fait.

Une mini-bambouseraie s'élève au centre du bassin, elle nous dissimule en partie. Le Gargouilleur l'a dit avec une voix qui se frotterait les mains : « Ça va être du gâteau. » Sans coins à croquer ni rempart. Il m'a inculqué un maître mot : action. Suivi d'un autre : déguerpir. Je découvre mon sang-froid, on est loin d'une consommation non réglée en terrasse place Saint-Sulpice le cul vissé à une chaise, juste capable de faire moins bien que toi, Julien. Cette fois, la personne qui me demande d'enfreindre les limites, je ne la décevrai pas. Je confonds tout, mais aussi il est loin, le Benjaminquejetaime de maman.

Mon ravisseur ne laisse rien au hasard, on se prépare scrupuleusement, méthodiquement, rigoureusement. C'est ma première entrée en scène. Depuis plusieurs jours nous sommes arrivés à la même heure dans ce square de Bologne. J'ai un vélo, quel cadeau il m'a fait, quelle surprise ! Je n'ai pas encore compris que je devrai le laisser, qu'il n'est pas vraiment le mien ni tout à fait un cadeau. Pour l'instant je pédale, grisé par mes accélérations, j'ai ordre de ne pas tomber, de ne pas attirer l'attention et si toutefois je devais me faire mal, « Pas de pleurs, pas de cris, pas de jérémiades ou tu t'en souviendras ». Il parle souvent comme ça entre ses dents et je comprends tout. Je me débrouille sur ma selle, on a appris ensemble, Julien, dans les allées du jardin du Luxembourg, celles sans graviers sous les arbres, on pouvait tomber sans se faire mal et remonter en selle, maman courait entre nous, elle avait du souffle, et gare à ceux qui nous auraient coupé la route, avec elle on avait priorité obligatoire.

Le Gargouilleur me demande de pédaler et le moment venu nous aussi on foncera sans que personne puisse nous arrêter. Une onde d'insouciance m'électrise, je suis sur un vélo, d'autres gosses autour vont et viennent, je me croirais presque revenu dans la vie d'avant. Je pédale à tout va, accélère, freine, je tiens le guidon d'une main, je m'en sors bien, je roule en rythme, « Be Bop A Lula », l'air dans la tête, je suis capable de tout. Nous avons répété, Le Gargouilleur me fera signe, on a un code, je me tiens prêt, ai l'intuition que ma joie enfantine il l'avait prévue elle aussi. Elle participe de la réussite de notre coup. On brouille les cartes, je suis une parfaite couverture, il a tout anticipé dans les détails et je suis on ne peut plus naturel dès cette première fois où je suis son acolyte. Le gazouillis des autres enfants me stimule, même les canards auxquels tout le monde fait fête, du pain plein les poches. À une vingtaine de mètres du bassin, un arrosage automatique enchante les gosses, ils s'y amusent, se lancent de l'eau, s'élancent dessous, gare à ne pas se retrouver trempé. Quand je passe avec mon vélo, j'accélère encore plus que les champions du Tour avant la ligne d'arrivée,

Anquetil, Merckx, Gimondi, Hinault, je me sens capable de battre n'importe quel vainqueur. Je découvre que je peux encore être léger et veux croire que je joue avec les autres enfants, personne n'a aucune raison de se méfier. Dans un coin de ma tête, je me dis aussi qu'ils sont récompensés, non, les gosses qui font ce que l'on attend d'eux ? Que s'il est content mon ravisseur me laissera, il s'évaporera sans moi, et avec le gamin dans les roues duquel il me demande de rouler. Je me dis que le petit va me remplacer et je serai libre. Je n'hésite pas une seconde à le livrer, œuvrer pour. On forme une équipe avec Le Gargouilleur, et après ce rapt chacun partira de son côté comme dans les films. Je connais son plan jusqu'au moment où le gosse est censé atterrir contre la boucle de son ceinturon. Moi, le faux grand frère, je ferai écran et… Tout va bien, messieurs dames.

Un jardin public est un cadre idéal pour ce que nous avons à faire, ce bassin et ses canards, les bambous poussés au milieu, le garçon que l'on a pisté les jours précédents, prochaine victime toute trouvée. Le gosse doit avoir six, sept ans, l'âge de commencer à se débrouiller sur son vélo, il s'y reprend à deux fois pour réussir son premier virage mais au troisième tour du bassin il a pris le coup, ça y est, il est mignon tout plein. Il vient de passer devant nous, a l'air de vouloir s'engager dans une autre allée plus loin, bordée de bancs tous occupés. Parfait. L'erreur serait d'œuvrer où il n'y a personne. Il y a toujours quelqu'un. Et on serait repérés. Dans la foule on appartient à la masse, on s'y fond, on devient indiscernable. En 1980, il n'y a pas de caméras dans le moindre espace public, pas de téléphone portable ; c'est l'ère du Polaroïd, ses recharges coûteuses, on ne photographie pas à tout va, on pose avant la photo. Nous on ne pose pas, ni nos fesses sur un banc, et on s'efface au milieu des autres, ils sont une éponge sur une ardoise magique.

Les parents du petit sont occupés à se faire des mamours, les imbéciles, ce sera leur faute ce qui va arriver. Ils n'écoutent jamais les infos ? Ils ne connaissent pas les statistiques ? Des milliers d'enfants sont enlevés de par le monde. Ils se croient au-dessus du lot, les amoureux ? Protégés par leur bonheur ? Tant pis pour eux, ils sont dans notre viseur, et leur désinvolture va leur coûter leur vie entière. J'enrage que ce soit si facile.

Avant de partir, Le Gargouilleur a voulu me peigner à sa façon, il a changé ma raie de côté. Sur le chemin du square, je secoue la tête pour la remettre à l'endroit, je me prends une sacrée gifle, mais juste après il m'achète une glace, et j'ai droit à trois boules, trois ! Même avec maman on n'en avait pas autant d'un coup. Je n'ai pas choisi vanille et chocolat, mes parfums préférés, j'avais besoin de couleurs. J'ai pris une boule pistache, une à la fraise, et une au citron, mon premier sorbet. Quand j'ai fini, Le Gargouilleur essuie délicatement les coins de ma bouche avec la serviette en papier. Un peu de glace a coulé sur mes doigts, il me dit que ce n'est pas grave, que j'ai le droit de les lécher, maman nous aurait grondés, lui non, il me laisse me régaler jusqu'au bout. On arrive à l'entrée du square, on repère le gamin immédiatement. Je perçois un frétillement à mon côté, ce n'est pourtant pas Le Gargouilleur qui va le bouffer, l'hameçon. J'ai appris par cœur le déroulé des opérations, je ne vais pas me tromper.

Insensiblement, le petit agrandit son parcours, il roule dans mes rayons. Avec nos un ou deux ans d'écart, il doit se sentir rassuré, encouragé de coller à ma roue, je tiens fermement mon guidon, me redresse sur ma selle et… je m'éloigne, un peu, suffisamment. Encore. Quelques mètres. Et ça y est, il nous tombe tout cuit dans le bec, les parents le perdront de vue trois bonnes minutes, ça suffira. Ils ont décidé comme tous les adultes que ça irait, trois minutes, ce ne serait pas risqué, et il faut bien commencer, non ? Le laisser grandir, son petit. C'est ce qu'elle s'est dit, maman, en me laissant m'éloigner seul place Saint-Marc ? Ou alors, c'était pour boire son *cioccolata* tranquille ? Les deux certainement. Tant pis pour moi et pour ce gamin de Bologne. Je contrôle mon vélo, mes jambes, moins ma tête, pour accomplir ce que désire Le Gargouilleur, le satisfaire ; dans une seconde, poings sur les hanches, torse bombé, je vais faire écran devant le gosse, visage plaqué à un ceinturon que je connais bien. Trois belles minutes, une seule suffirait pour qu'on le ravisse, le petit bonhomme. Au suivant.

C'est facile de voler un enfant.

On quittait l'autoroute, au moment de passer le péage je bloquais l'air dans mes poumons mais je n'étais pas sous l'eau dans la baignoire sabot, je ne contrôlais pas grand-chose. Lui n'avait pas un regard dans ma direction, comme s'il ne doutait pas que je ne tenterais rien. Il avait fait ce qu'il faut pour, tu comprendras, Julien. Ou pas.

Arrivés à destination, on abandonne la voiture, toujours garée de façon irréprochable, ne pas attirer l'attention. Une fois dans la place, on a nos habitudes. On commence par un peu de tourisme, un temps d'observation, de loisir studieux. Le Gargouilleur piste sa future proie puis il l'enserre, nous l'enserrerons. On bouge uniquement pendant les vacances, je ne suis pas scolarisé et vu mon âge si j'avais traîné dehors on aurait pu le remarquer. Hors temps scolaire, je suis un gosse parmi d'autres profitant de ses congés. Ça grouille de mômes, dans les aires de jeu et les escapades culturelles où les traînent leurs parents. Les chefs-d'œuvre de la peinture, de la sculpture s'offrent à moi, ce sont de bons moments. Je ne cherche pas à retenir le nom des artistes, j'admire, je me plante devant, les laisse me pénétrer. J'approche le plus possible de la beauté, m'en éloigne pour un autre émerveillement encore, et puis non, j'y reviens, n'en ai pas assez. Tour à tour ces œuvres d'art m'absorbent, je me convaincs que chacune conservera une parcelle de moi et que j'en serai moins monstrueux. Quelle protection on leur accorde, à elles ! On n'a pas le droit de les toucher, les éphèbes, les vierges et les angelots. On les surveille de près, on ne les vole pas comme ça. Une question me cogne : quelle valeur ont-elles que je n'ai pas ?

Le Gargouilleur élit les musées, les églises les plus fréquentées et leurs trésors accrochés à un mur ou derrière un autel, jusqu'aux plafonds, et je ne pense plus à notre prochain butin. Je me rappelle particulièrement Florence et son campanile, j'ai compté et recompté chacune de ses quatre cent quatorze marches, nous les avons montées trois jours de suite, attendant une proie sans succès. Le Gargouilleur n'a pas insisté, on se serait fait remarquer, peut-être aussi a-t-il comme moi, à force de grimper et descendre, senti ses adducteurs le lancer.

Combien ai-je eu de prédécesseurs et de successeurs ? Au cours de nos cinq années communes, le processus de rapt va se répéter onze fois. On retrouvera deux des gosses qui y auront – si on veut – réchappé. On nous a confrontés trois décennies plus tard lors de l'instruction, tout concordait, la date, le lieu, le même espoir insensé : se réveiller du cauchemar.

C'était cette plage de sable noir à Procida en plein été. Une mère seule avec son fils de cinq ans, elle le laisse pour aller nager derrière les rochers. Elle aura beau nous voir emmener son enfant, elle ne peut rien que s'agiter et faire des vagues qui sont des éclaboussures autour de sa tête d'épingle, elle est allée trop loin, pas un nageur à moins de trente mètres d'elle et ils ont un tuba et la tête sous l'eau. Elle criera en vain, le crawl tout en tension pour revenir. Ce ne sera jamais assez vite, et quand le petit attroupement autour de la mère affolée sortie des flots se fera, on sera hors d'atteinte dans un bateau loué exprès parmi la centaine d'autres entre Naples et les îles. Le gosse endormi dans les bras du Gargouilleur, le mouchoir a agi, et moi le grand frère qui lui tapote la main.

C'était les deux fillettes à un an d'intervalle, l'une à Pompéi, l'autre à Milan, la première parmi des restes calcinés, la seconde au milieu d'une avenue jalonnée de boutiques de luxe. Les deux s'élancent loin devant des adultes en âge d'être leurs grands-parents, leur course s'arrêtera sur une boucle de ceinturon.

C'était les quatre devant des centres aérés bondés pendant les vacances et il y a bousculade à l'heure de la sortie. Le père ou la mère va chercher un aîné et nous on s'attaque au plus jeune resté dans la voiture, endormi à l'arrière, que le parent n'a pas voulu réveiller, il en a pour une minute et… c'est terminé le bonheur. Voiture en double file, les clés restent sur le contact, je monte à l'arrière au cas où le gamin se réveillerait, Le Gargouilleur n'a que le frein à main à desserrer. Après Gênes, l'histoire se répétera à Turin, à Vérone, à Mestre et on fera un saut à Venise en pleine *acqua alta* place Saint-Marc. Plus de short trop court sur mes jambes mais de hautes bottes. J'ai onze ans maintenant. Une seconde, je chercherai maman derrière les vitres du Florian, j'aurai cet espoir fou qu'elle ait continué de m'y attendre, il n'y a que les pigeons qui soient restés.

C'était encore un gamin à Ostie, sa mère ne lève pas les yeux de ses copies, assise sur son banc au soleil, elle corrige, et elle efface son fils.

On fait une nouvelle tentative à Florence et cette fois on repart avec une fillette, en laissant la grande sœur censée la surveiller plongée dans la lecture d'un magazine. Je n'ose imaginer aujourd'hui ces terrains de jeux, nos terrains de chasse, avec tous ceux-là le regard vissé à leurs écrans, tablettes, portables, leurs followers, leurs faux amis et le gosse en devient virtuel.

C'est enfin le dernier. Je découvre Rome, la fastueuse, un jaillissement d'éternité me saisit, j'en ai la gorge serrée, un sentiment du passé, comme si à circuler en elle je déambulais dans la vie que nous n'aurions pas, Julien. J'aime Rome, et après Le Gargouilleur, je m'y réfugierai, me débrouillerai de sa beauté inentamée. Jusqu'à trouver le moyen de quitter l'Europe. Les années romaines, six au total, je les ai passées à donner le change à l'enfant que j'avais l'air d'être et n'étais plus depuis longtemps. À accepter d'être un homme perdu.

Nous visitons le Colisée et mon ravisseur fait revivre pour moi les gladiateurs, les martyrs, il évoque Blandine livrée aux lions enfant, elle aussi dans un amphithéâtre, je la trouve courageuse, si je n'avais déjà ma petite danseuse, Blondine aurait pu être une grande passion. Au Palatin, je m'assieds un moment dans l'herbe au centre du temple des vestales, me laisse bercer par des femmes sans tête, elles ont les épaules pour accueillir un petit garçon inconsolable.

Et il y a les termes de Caracalla. Il claque, ce nom, il est une injonction, se déclame, Caaaracallaaahhhh ! Un coin de ciel descendu dans le cœur de la ville et ses étoiles d'une autre écorce, celles de hauts pins parasols. À leurs pieds même les vestiges n'en ont pas l'air, pour un peu on y prendrait des bains dans ces restes de pierre pleins de poussière. Je m'enivre des pins, ils ont un goût de jadis, dupliqué, multiplié, indemne. Je me plais à imaginer qu'ils ont résisté à César, à Néron, aux barbares, à tous les méfaits. J'ai l'embarras du choix pour y retrouver le pin jumeau de celui de la petite fille du papapendu. Au cours de mes années romaines, je ferai sous leur ramure des siestes insensées. Je disparais au monde, en reviens presque paisible, je suis où je veux être, sans conscience, je n'ai plus les doigts dans la prise. On a des égards pour celui qui s'endort en plein jour, on bouge doucement autour de lui, lentement, on le contourne, on fait silence, il a le droit à l'absence, et tout glisse sur lui, l'épargne. Les premières secondes où l'on sort de ces siestes, on se sent dépossédé de soi, ça ne dure pas mais ce peu vous allège, on est vivable. Je me frottais au pin de maman, son effluve retrouvé je m'y roulais. Tout comme les étoiles filantes continuent d'éclairer la nuit après qu'elles sont mortes, ce parfum du passé adossé à une écorce millénaire m'offrait une chair chaude que nous avons tétée ensemble.

Une petite fille assise entre ses parents trois rangs devant un faux père qui a emmené son prétendu fils au spectacle. Entre adultes désireux de cultiver leur progéniture on se reconnaît, on se fait des sourires, Le Gargouilleur et le couple n'y échappent pas. Ce soir aux thermes de Caracalla on joue *Lucia di Lammermoor*. Mon premier opéra.

Orrida è questa notte[1].

On est dans le troisième acte, son air funèbre. La gamine s'est assoupie au début du deuxième acte juste après qu'une étoile a traversé le ciel, provoquant un murmure, la soprano y a pris un élan et la petite a disparu de notre champ de vision. A-t-elle pour poser sa tête choisi les genoux de sa mère ? L'odeur des pins aura-t-elle fait une résine de ses songes ? Cette question, je suis trop petit pour me la poser mais je ne perds rien de la tragédie qui se joue sous les pins.

Ohimè ! sorge il tremendo fantasma[2].

À ces mots la gamine se réveille, elle a dû sentir la fin proche. Le Gargouilleur s'empare de ma main, il exulte. Dans sa poche, soigneusement plié en quatre, il y a un mouchoir, toujours le même, couleur saumon, il l'utilise uniquement les jours d'enlèvement. Cette couleur continue de provoquer chez moi une révulsion telle qu'on ne me fera pas avaler une bouchée de saumon. Un type qui porte une chemise de cette couleur, je serais capable de le frapper.

Oh meschina[3] *!*

Il y aura deux rappels et le rideau ne se relèvera plus pour cette famille décomposée.

---

1. Horrible est cette nuit.
2. Hélas ! Le spectre terrible se lève.
3. Oh pauvre créature !

Ce n'est qu'au moment d'entrer dans Bari que nous cachons notre prise dans le coffre. Dans la ville où il réside, Le Gargouilleur ne peut prendre le risque d'être vu avec un enfant chaque fois différent endormi sur la banquette arrière. Si dans le reste de l'Italie il interprète avec moi son rôle de bon père, à Bari il m'invente vague neveu, élevé en France, qui vient le visiter, ainsi personne ne sera surpris de me croiser au cours de nos allées et venues. Bari me reste inconnue, je n'y circule qu'en voiture, après cet enclenchement du verrouillage des portes qui rassurerait presque le prisonnier consentant qu'il a fait de moi. Au départ ou au retour de nos expéditions, on fait systématiquement un détour par cette route isolée, salée jusque sur mes joues. Une fois dans la maison du Gargouilleur, je n'en sors plus, j'ai juste droit à un petit carré cimenté, la femme y étend son linge, on y écosse à la saison les petits pois, on équeute les haricots, chacun sa bassine, c'est au premier qui l'aura remplie. J'aime aider. L'hiver, pour prendre l'air, la femme et moi nous asseyons côte à côte sur la plus haute des trois marches, on fixe la courette en ciment, pas un mot ne sort de nous, le froid nous gagne, on attend qu'un train passe, et on rentre. Bien sagement, bien salement. L'endroit où on a été elle et moi le mieux tient dans ces quelques mètres d'une cour avec chacun une bassine pleine de légumes et on faisait la course sans rien s'en dire, on ne pouvait y croire à l'amusement qu'on en retirait. Cinq années, cette chape de béton sera mon paysage. Le temps me paraît long et pas tant que ça. C'est resté vrai. Je ne raisonne ni en jours ni en heures, c'est plus simple. J'explore un espace qui m'est particulier et me laisse porter par son flux continu de sons, d'images, de sensations, de contrastes, de voix que je suis le seul à entendre, elles arrivent de je ne sais où, repartent nulle part, je me sens calme dans leur courant. Et le *Faire comme si* de la Clarice de maman en est le refrain. Le *il* a remplacé le *elle*. *Il fait comme si une veine ne s'était pas ouverte et il fait comme si un sang écarlate en silence blanc ne coulait pas...*

Le Gargouilleur n'a jamais brûlé un feu rouge, pris un sens interdit, fait un excès de vitesse, il est un conducteur modèle. Une fois on va nous arrêter, un contrôle de routine, la fillette de Rome est depuis deux heures endormie sur le siège arrière, je me retourne avec pour mission de lui plaquer régulièrement sous le nez le mouchoir saumon imbibé de chloroforme. Il nous reste une heure de route, on aperçoit la mer. La gendarmerie nous fait signe de nous ranger sur le côté, Le Gargouilleur ne me jette même pas un regard, il est sûr de moi, il coupe le sifflet de Gene Vincent. La ceinture de la fillette n'est pas attachée mais ce n'est pas encore obligatoire et les papiers de la voiture sont conformes aux fausses plaques d'immatriculation. À Bari, mon ravisseur s'adonne l'essentiel du temps à un vrai laboratoire en faux. La vente des gosses finance les pièces d'identité, les couvertures nécessaires. La fois des gendarmes, mon passeport est assorti à des cheveux roux, teints en sortant des thermes de Caracalla. On a toujours sous la main quatre couleurs au choix, brun, blond, châtain, roux. Avec des bouteilles d'eau, une serviette et une ruelle sombre, le tour est joué, mes cheveux coupés ras de la même couleur que ceux du petit frère ou de la petite sœur enlevé et on quitte la ville aussi sec. On n'a jamais été inquiétés, les flics cherchent un enfant, pas deux, et encore moins une fratrie que l'on devine à quelques mèches. Cette fois encore, mes cheveux sont bien de la teinte de ceux de la gamine endormie à l'arrière, la rétine du flic l'aura noté. Un père et ses deux enfants, on fait bon effet. « Oh zut, les papiers de la petite sœur sont dans la valise », Le Gargouilleur est crédible, et le gendarme n'a aucune raison d'insister, on redémarre. Je me suis calé sur son sang-froid, m'en suis très bien sorti, je n'ai rien montré qui aurait pu alerter, ai même eu avant que le gendarme ne constate de lui-même sa présence, un sourire attendri en me tournant vers la fillette endormie sur la banquette arrière, qu'on n'ait pas l'air de la cacher. Pourquoi n'ai-je pas hurlé, ai-je continué de subir l'infernal, à y participer ? C'est pour cela que j'ai fini par t'appeler, pour te le dire, mais d'abord on roule, Gene Vincent s'égosille de nouveau, l'autoroute défile, j'attendrais presque des félicitations pour mon sang-froid, la reconnaissance du Gargouilleur, je vais être servi. Il fait ce petit crochet par la route déserte qui longe la mer, m'ordonne de descendre et là il me remercie jusqu'à ce que la vitre ait un goût de sel. La petite ne bouge pas, j'aurais préféré qu'elle soit morte plutôt qu'elle ouvre les yeux.

J'ai fait le plein de désastre. La vie manquée. La répétition de l'effroi mois après mois. Je ne suis pas cet enfant mort au fond de mes tripes, je ne suis que sa dépouille, elle n'a pas de cœur, rien qui pourrait me sauver. Après sa première visite le soir de Noël, Le Gargouilleur n'a plus verrouillé la porte d'entrée, pas besoin.

Je voyais son ombre occulter soir après soir le trou de la serrure, elle passait partout, me couvrait sans me border. Une fois dans la place, elle faisait durer.

Et confusément j'attends qu'il m'aime, Le Gargouilleur. Comme si c'était une raison. Au fil des mois, des années, j'observe mes testicules, mon sexe changer, je m'inquiète. Et s'ils allaient déborder de moi, enfler, devenir des géants et m'écraser de leur poids, m'aplatir ? Ne resteraient que mes attributs triomphants, des outres de venin. Ou alors je les vois exploser tel un ballon d'hélium dont on ne retrouve pas un bout de caoutchouc, si ce n'est la queue en tire-bouchon reliée à rien.

Je ne veux pas me souvenir, et pourtant je suis une machine à souvenirs. Mais je ne veux pas des vôtres, Julien, je ne veux pas savoir si maman a continué de tourner les têtes et t'embarrasser auprès des copains. Je lui en voudrais de ne pas s'être laissée ensevelir par le malheur. Je ne veux pas savoir combien d'années vous avez gardé mon lit d'enfant dans notre chambre. Votre duo ne peut qu'être sinistre ou il me dévasterait.

Les cendres, ce sont des braises. Le genre de phrases que je me répète dans la chambre de Bari. Je les fourre sous ma langue comme un égaré dans le désert suce un caillou.

Le premier hiver chez Le Gargouilleur, je découvre la force des flammes. Nous n'avions pas de cheminée rue Milady mais à Bari elle brûle du matin au soir, chauffe en partie la maison. Nous restons la femme et moi de longs moments devant, rivés à la palpitation du feu. J'apprends à l'entretenir, la femme s'y prend mal, elle en a les mains abîmées et une odeur de fumée dans les cheveux. Le ronronnement du foyer a quelque chose du ressac de la mer, je l'observerai bien plus tard, mais déjà je ressens le roulis des flammes. La brûlure s'agite dans l'écorce, la tord, elle se presse vers sa fin, plaie et joyau. Je regarde le feu se retirer après qu'une farandole de petites flammes affolées lui ont couru dessus, elles courent, elles courent, elles décampent, creusent le bois de leur souffle brûlant, le rongent. De bas en haut, incessamment, elles ne savent où donner de la flamme, produisent une arche de feu, leur langue est d'or, toutes m'en conjurent, Va-t'en. Fuis. Mais pars enfin !

La bûche s'effondrait, j'attendais ce moment. Les flammes devenues flammèches, j'approchais mon visage à me brûler les cils, la femme avait un geste pour me retenir, une ébauche de quelque chose. Un train passait, l'heure était venue de se coucher. Dans le foyer l'incandescence finirait par s'éteindre, pauvre petit tas de cendres.

Je m'entortillais dans mon drap sachant qu'il n'empêcherait rien, me jetais dans des songes, je grimpais à la plus haute branche d'un pin, mais ne dormais pas, comment rêver ? Je n'échapperais pas au danger qui me fonçait dessus et me lançait pareil à une brûlure.

Au milieu de la cinquième année chez Le Gargouilleur, découpant une énième roue de vélo dans un des journaux, je tombe sur quelques lignes qui sont un fer rouge dans ma mémoire. Je n'ai même pas besoin de les apprendre par cœur, comme si elles étaient déjà écrites en moi. *Je parvins à faire s'évanouir dans mon esprit toute l'espérance humaine. Sur toute joie, pour l'étrangler, j'ai fait le bond sourd de la bête féroce. J'ai appelé les bourreaux pour, en périssant, mordre la crosse de leurs fusils. J'ai appelé les fléaux, pour m'étouffer avec le sable, le sang. Le malheur a été mon dieu. Je me suis allongé dans la boue. Je me suis séché à l'air du crime. Et j'ai joué de bons tours à la folie.* J'en comprends tout sans rien m'expliquer. Ce que charrie ce poème est une déflagration. Un malencontreux coup de ciseaux en efface le nom de l'auteur, il me faudra aller de l'autre côté du monde et sept ans encore pour le découvrir.

Je suis un bout de bois malmené, expulsé, happé, de tourbillons en remous, retenu sur le seuil de chutes où j'aurais dû me briser. Je n'ai pu aller contre la tourmente, m'y opposer. En me mettant dans son courant, en me laissant entraîner, j'avais une chance, voilà ce qu'ils m'ont soufflé, ces vers. Et surtout que je suis assez fort maintenant, assez féroce, pour lui jouer un bon tour, à la folie.

Mexique

Oaxaca

L'enfant découvre qu'elle a une odeur, des odeurs. Qu'elles changent, deviennent plus fortes selon où elle se touche. Plus intéressantes selon où elle frotte. Elle commence avec l'odeur de sa salive. À dix ans elle s'en barbouille le poignet, le renifle, plusieurs fois. Elle suce ses poignets, suce ses genoux assise sur le trône, c'est bien pratique, l'odeur de la salive camoufle celle mauvaise en dessous qui manquerait pourtant, plus l'odeur de notre merde est forte, plus on se sent délesté. L'enfant explore son corps, l'intérieur des oreilles qui a un goût amer, ses doigts grattent sous les aisselles, rapportent à ses narines l'effluve de sa transpiration. Son odeur préférée, elle n'a pas le droit de la toucher. Un interdit né tout seul, sans qu'on lui en ait parlé. Elle ne peut s'empêcher de chercher son odeur cachée, y revient dès qu'elle le peut. Je sais tout ça. Qu'elle dort sur le ventre, la main droite bien au chaud posée en bas, elle n'en retire ses doigts que pour les plaquer sous son nez, la première chose qu'elle fait au réveil, se renifler. Avec son autre main, elle fait une sorte de cornet posé sur ses narines, l'odeur y est enfermée. Elle se respire de partout. Marie toute nue, toute crue. Je ne suis pas son père, je ne suis pas sa mère, mais j'ai l'œil partout. Je ne perds rien de son plaisir qu'elle n'a pas encore détecté. Avant de rejoindre la veuve blonde, la nuit, je pousse la porte de la chambre de sa fille, contemple la gamine endormie à plat ventre, chemise de nuit remontée, fesses à l'air, j'entre dans la chambre à pas de loup, soulève un coin du drap remonté trop haut sur la tête, j'ai peur qu'elle étouffe dessous. Que sait-elle du monde prêt à la corrompre ? Je me retiens d'approcher plus. Fais une boule du mouchoir resté dans ma poche.

Quand je débarque chez elles, la mère et la fille, la veuve blonde et Marie, la première va sur ses cinquante ans et la seconde vient d'avoir dix ans. Je franchirai avec elles le cap de mes vingt ans. Je suis l'amant du moment de la mère, et accessoirement j'enseigne le français et l'italien à la fille.

La veuve blonde m'a levé à Puerto Escondido. Un village à sept heures de route d'Oaxaca où elle élève seule Marie.

Puerto Escondido, le port caché. Ce qu'il me fallait. Évidemment je me le formule… le porc caché.

Depuis sept ans que j'ai échappé au Gargouilleur, j'ai enfermé le passé à triple, quadruple, quintuple tour. Je suis sans pays, sans racines, sans drapeau, je suis au choix. Qui m'a élu a dû donner quelque chose en échange. Un repas, un toit, des papiers, il y a tant de façons de monnayer sa jeunesse auprès de ceux qu'elle a quittés depuis longtemps. Seul dans Rome à l'âge de treize ans, j'ai fait comme j'ai pu… pas comme je l'aurais voulu mais je l'ai voulu. Et j'y suis arrivé, à vivre. Sans qu'il reste de bons morceaux, rien de tendre dans le jeune homme qui n'en a que l'air, il ne donne rien et prend tout. Je me sers et me ressers, suis le seul à avoir le droit de me faire du mal et cela ne compte pas. Les plus généreux, les plus avides d'une jouvence m'emmènent dans leurs bagages, je ne voyage pas je m'éloigne, et il y a un monde entre nous, Julien.

Quand je le découvre, le nom de Puerto Escondido m'attire tel un aimant. Et je quitte aussi sec Ilha de Marajo à l'embouchure du fleuve Amazone. Qu'il y ait eu là davantage de buffles que d'humains m'avait retenu. Je troque les bêtes à cornes du nord du Brésil pour la promesse d'une meilleure cachette au Mexique. Une route me mène vers un vide plein d'un ciel tombé dans l'océan. Un dernier virage, le bus fait le plongeon au gré d'une succession de lacets pendant trois cents mètres, jusqu'à toucher l'écume. Nous sommes arrivés à bon port, inséparable de la colline coincée au fond d'une baie, bleu et vert confondus, océan et cocotiers, sans que l'on parvienne à décider lequel est la parure et lequel est l'écrin. D'un côté un front que dominent les arbres, de l'autre un œil écumant. Bien plus qu'à La Palmyre, j'y apprends à jauger les vagues, mesurer la manière qu'elles ont de vous cueillir, vous traîner. Elles me roulent, me jettent sur des débris de coquillages, et pour cette seconde où elles me soulèvent, je suis prêt à avoir le menton, les épaules, le bas-ventre abrasés, je les laisse faire. Quand elles meurent à un mètre de vous et dédaignent de vous secouer, les plus hautes ne sont pas forcément les plus dangereuses. Une moins impressionnante en s'abattant sur votre tête vous happera, vous reprendra, elle fait de vous un râteau raclant le fond, vous met la tête sous l'eau. On n'est pas tout à fait dans une baignoire sabot.

Il y a trente ans, Puerto Escondido était déjà ce spot de surfeurs californiens à petit budget. Ils s'alignent, forcenés de la planche, pour mieux sombrer après avoir glissé sur la vague, amateurs de mezcal, la plupart s'écroulent sur la plage pour dès l'aube se mesurer à l'océan, son effervescence, quelque chose en eux qui a à voir avec des remous, des hauts et des bas, des trous dangereux. Je préfère rester sur le rivage en spectateur, avec déjà un sac qui est toute ma maison, même s'il est encore dépourvu de billets.

Je découvre les couchants qui sont une crête rousse aux vagues, lorsque sur la plage l'eau se retire, mon reflet mordoré me paraît moins noir.

Aucun jour ne se ressemble, c'est affaire de lumière, tenter d'en pénétrer le secret vous occupe un homme. Sous un ciel infailliblement vaste, j'échoue à m'enfoncer dans un ventre salé, à peine j'y entre que les vagues m'en expulsent. Je joue à saute-nuage le long du rivage, enjambe leurs ombres sur le sable mouvant. L'écume, son bouillon, viendra bien assez vite pour les avaler. D'autres soirs, la pluie tambourine sur l'océan devenu pâle, l'horizon ceint d'une écharpe de brume chaude. J'aime alors être dans l'eau, sentir le ciel la frapper, y échapper. Les fléchettes d'eau douce rebondissent sur la peau de l'océan bouclier de la mienne. Le sable sous certaines lumières a le grain d'une chair à vif, j'y irrite mon gland à coups de râpe, je veux abolir l'inavouable. Si je le pouvais, je remettrais après l'avoir fouillé chaque grain de sable à sa place.

Je veille à ne pas me laisser approcher plus que de raison, tiens mon rang de solitaire incorruptible, les surfeurs se passent le mot, on me laisse tranquille, on ne cherche pas à m'inclure. Les seuls autorisés à m'aborder sont des gamins, tous métis. D'un bout de bois flotté je leur fabrique une planche, les regarde s'escrimer à enfourcher la vague, faire comme les gringos. Aucun de ces gosses ne sait bien nager mais avec leur surf improvisé ils ont quelque chose.

Les crabes en pincent pour nos chevilles, il faudrait comme eux se construire des labyrinthes souterrains, s'y enfouir à la première menace. Je les observe avancer de biais, s'échapper soudain sans vous donner la possibilité de les atteindre. On a beau explorer leur trou, on ne les attrape pas.

Je vis de la charité et de siestes somptueuses, à celles-ci je mendie de m'enlever à moi-même. La sieste reste aujourd'hui ma grande affaire, pour ces secondes sans repère, je reviens hagard du repos accordé après que le Temps, ce siphon, a tout aspiré. Ma tête en crue déborderait s'il n'y avait cette trêve de chaque jour ; elle étale ma pensée comme un rouleau à pâtisserie le fait d'une pâte, et on y met ce que l'on veut.

Puerto Escondido regorge d'une multitude de gargotes à tortillas, la reine des *quesadillas* n'est autre alors que la veuve blonde. Elle vient une fois par mois d'Oaxaca récupérer la recette des *Tortillas King Size* et autre *Queen's Tortillas* dont elle est la propriétaire, se débrouillant au passage pour générer un autre profit… en s'envoyant en l'air avec, au choix, un surfeur ou… un surfeur. Toujours d'attaque, la dame, elle reste une belle prise, a sa petite réputation. La veuve blonde, le bon plan des surfeurs. Elle ramasse sa recette, pesos et dollars, et elle ramasse. Sans qu'aucun ne songe à la détrousser, tous à la trousser.

La veuve blonde a une chambre réservée à l'année dans une *pousada* de standing. On y connaît ses habitudes, à sa demande je m'installe, j'ai trouvé à m'employer. Jusque dans ma mémoire, elle reste mieux que pas mal, son regard qui s'échappe dit une histoire en dents de scie, des jambes fuselées ; c'est rare, de beaux genoux. Avec ce qu'il faut de gras en bordure des fesses, des seins à peu près inexistants, je n'ai pas à m'en occuper. Sa bouche ? Un sarcasme dont elle suçote le rouge avant de l'essuyer où il se doit. Sa peau vous renseigne, elle a une bonne hygiène, pas de picole, pas de came, pas de tabac, pas de viande. Elle sent bon naturellement. C'est son chignon que je préfère, encore serré quand je descends le long de son flanc, lâche quand je remonte, les mèches blondes qui en sortent m'emmènent loin. Elle a l'âge de maman, la même blondeur, et tu veux que je te dise, Julien, elle me fait bander. Pénétrer une femme, c'est retourner d'où l'on vient, aller plus loin que le passé, on frôle l'intouchable.

La veuve blonde me propose de la suivre à Oaxaca. Pas une seconde je ne vois en elle et sa fille une famille de substitution, un réconfort après ce qui a été détruit.

La mère a fixé le montant de ma rétribution, elle évite le mot « salaire » et moi de la remercier. Je n'ai qu'à m'installer, la maison est grande. Ses ancêtres, des Français partis de Barcelonnette je ne sais quel siècle pour s'implanter au Mexique, y ont fondé une des plus grosses affaires de tissu du pays. Et moi je tombe dessus, la xième génération de rentiers de la famille, je compte bien en profiter, elle me va, notre union imparfaite et honnête, une récréation. Elle a duré trois années, elle s’est mal terminée.

Marie a les cheveux étonnamment fins, couleur paille, sa mère la coiffe de deux couettes à ce point relevées sur le haut du crâne qu'elles lui étirent les yeux, lui donnent un air de geisha impubère, cette pensée, je la garde pour moi. Le soleil cogne plus durement la petite au bas du dos, un bon morceau brun, ma friandise quand Marie s'amuse à genoux à des jeux d'enfant. Ses reins sont une datte, une pâte de fruits.

La veuve blonde est abonnée à une dizaine de magazines. Elle les épluche le matin avec gourmandise en sirotant un énième thé, je n'en ouvre aucun, j'aurais l'impression d'avoir des ciseaux à la main, mais ne peux m'empêcher d'en lire les manchettes. La population de la terre vient de franchir les cinq milliards d'êtres humains, je me demande aussitôt combien d'enfants enlevés parmi tous. Aujourd'hui, nous sommes sept milliards, on en annonce onze au siècle prochain, quel enfant sera à l'abri alors ?

Depuis que je vis avec Marie et sa mère, je vois tous les moments, et il y en a tellement, où Le Gargouilleur et moi aurions pu faire main basse sur la petite. Je me sens infecté. Ça me démange de briser la carcasse de cette enfant, d'en faire sortir la menace. Un autre jour, c'est la manchette d'un hebdomadaire avec un type sur un vélo bras levés, il a l'air de ricaner mais c'est le rictus de la victoire arrachée. Il a enduré beaucoup, sa ténacité a payé, il vient de remporter le Tour de France, le Giro et le Championnat du monde. Ce triplé, ni Coppi ni Hinault n'y sont parvenus. Qu'en pense-t-il, Le Gargouilleur ? Qui désormais lui découpe ses journaux ? J'en ai le souffle coupé de réaliser, seulement le temps de le penser, que je me verrais bien assis en tailleur sur son foutu tapis et il me tapoterait la nuque, heureux d'un exploit cycliste à ajouter à sa collection, de mon application à couper droit ; heureux de moi. À peine la veuve blonde quitte-t-elle la pièce que j'arrache la page du journal, et ce n'est pas assez.

Je décline toute invitation à m'éloigner de la maison seul avec Marie. En dehors des cours de français et d'italien, je m'abstiens de me trouver avec la gamine sans sa mère, sauf la nuit quand elle dort, que j'entrouvre sa porte, sans la forcer.

La veuve blonde a le cuir épais ; que j'ai été plus qu'égratigné elle l'a compris, ne souhaite pas en savoir davantage. Je la satisfais et sa fille m'accepte, elle a même fait des progrès en français, surtout elle reproche moins à sa mère de ne pas avoir de père. Le jour, je suis souple et attentif, la nuit, ferme et distrait. Nous nous tenons tous les trois au bord d'une brèche vertigineuse.

La veuve blonde a l'humeur changeante mais l'affabilité l'emporte sur la rudesse, et son chignon qu'il me plaît de défaire est un nid de lumière. Si elle ne voulait tant me plaire, Marie serait une enfant capricieuse mais avec moi elle ne franchit pas la limite où un adulte s'exaspère, elle apprend consciencieusement ses leçons, nous discutons fort sérieusement de pas grand-chose en passant du français à l'italien, de l'espagnol à… mais pourquoi faut-il que ses couettes bougent autant ? Je dois éviter tout contact alors que la moindre parcelle de cette gamine me nargue.

La maison est immense, un escalier monumental distribue les étages et leurs corridors. Une verrière domine l'ensemble avec un cyprès de Montézuma à l'extérieur qui la serre d'un peu trop près, il pourrait la briser, même s'il est loin d'être aussi imposant que l'arbre de Tule à une dizaine de kilomètres d'Oaxaca, dont on dit qu'il a le tronc le plus gros du monde avec sa circonférence de quarante mètres. Sous la verrière entre les deux fauteuils club, un arbre lui aussi a poussé, on est dehors dedans et même avec son feuillage la lumière en est agrandie. Assis là, je somnole, des serins qui ne sont pas en cage interrompent ma sieste, ils laissent sur les murs des chiures que deux femmes d'origine zapotèque ont pour mission d'effacer. Dans le prolongement de la verrière, on trouve de part et d'autre d'un couloir tout en azuléjos turquoise un salon de musique sans instrument, un fumoir sans cigare, je n'ai aucune curiosité pour l'enfilade de pièces chacune plus large que l'appartement entier rue Milady.

Après que j'ai trouvé Marie les yeux grands ouverts tournés vers la porte et m'attendant alors que je la croyais endormie, j'évite soigneusement sa chambre, il n'est plus question de m'accorder d'entrer dans ses rêves, en prendre ma part, l'enfant sait. Je continue de remplir mon office auprès de la mère mais mon enthousiasme décline. Avant de la rejoindre dans son lit, je me choisis une nouvelle halte.

Il n'y avait pas de livres chez Le Gargouilleur, aucun secours. À Oaxaca, dans la bibliothèque de la veuve blonde, des générations de livres se serrent l'un contre l'autre, je les touche un à un, les choisis au hasard, la pulpe de mes doigts m'en paraît plus tendre, je froisse une poussière qui retombera jusqu'à ce qu'un autre la réveille dans cent ans. Je n'ai pas oublié le bout de poème dérobé aux ciseaux sur le tapis à Bari, je le cherche sans le chercher et, tirant un livre, m'arrête sur le visage dessiné d'un beau jeune homme, les cheveux de côté comme une rafale, elle me souffle à la figure. Ses yeux à géométrie variable, un nez impeccable, une bouche blottie dans un menton obus, et pas exactement une pomme d'Adam, la jeunesse qui se hausse du col, je reconnais celui qui regarde son risque. Au dos du livre il est écrit : *J'écrivais des silences, des nuits, je notais l'inexprimable. Je fixais des vertiges.* J'ouvre au hasard le beau jeune homme, avec une précaution. Avant même de les lire, je devine avoir retrouvé ses mots miens. *Le malheur a été mon dieu. Je me suis allongé dans la boue. Je me suis séché à l'air du crime. Et j'ai joué de bons tours à la folie.* De bons tours à la folie… Je vais le lire et le relire, je n'en aurai jamais assez, quand bien même jamais est un vertige que l'on ne peut fixer. Arthur Rimbaud l'a su plus qu'un autre. Ses vers ne me consolent pas, ils me justifient, comme on le fait en un clic d'une page d'écriture toute de travers.

Je passe l'essentiel de mes journées dans le jardin ceinturant la maison, enfoui dans sa luxuriance, il aurait fallu ne pas sortir de cette bulle végétale entre frangipaniers et poivriers, des buissons d'hibiscus vermillon et violets, une bougainvillée blanche démesurée, elle grimpe à peu près partout et Marie aussi. Je l'imagine dégringoler tête la première le grand escalier, alors même qu'elle le descend prudemment en ne lâchant pas la rampe, je passe beaucoup de temps à découper mentalement cette image de sa supposée chute. Jusqu'à la voir, la petite qui me plaît, poupée démantibulée à mes pieds, mais pas au point d'en perdre son air sérieux. Elle réclame que je la regarde, elle a onze puis douze, elle a treize ans, elle voudrait être ma fiancée et bien sûr la mère est la première au courant. Aujourd'hui, cette gamine de treize ans serait une petite femme déjà formée, gavée de saloperies d'hormones en surdose dans ce qu'on bouffe, et encore mieux cachées dans les cosmétiques dont les fillettes se tartinent.

Avec les deux Zapotèques, elles aussi au service de la veuve blonde, nous sommes parvenus à une complète indifférence. Que nous demande-t-elle, notre patronne ? De ne pas trop nous agiter en sa présence – sauf exception notable pour moi dans son lit –, de nous abstenir de contester ses décisions et d'accepter de bonne grâce sa compagnie. Que rien ne dépasse, tous à leur place. Seulement, après trois années à me démener au bord de sa vulve, je lui trouve une odeur de serviette mouillée. Je m'escrime encore un temps à la satisfaire et cherche dans le ventre de la veuve blonde la place de Marie, je touche du bout de ma queue les centimètres où le fœtus s'est développé, j'arrive à besogner la mère avec une ardeur inédite, je me donne du mal. L'effet placébo ne dure qu'un temps, à convoquer d'autres images mon érection en serait monstrueuse.

Marie a décidé qu'elle n'était plus une petite fille et s'obstine à me le répéter dans les trois langues. Elle ne joue pas à la poupée, elle joue à la veuve blonde, mime sa mère en permanence. Je dois l'abattre son petit corps qui se tortille, le lancer au feu, il sera une flamme parmi d'autres, toutes portent leur fin, elles s'agitent et s'éteignent d'elles-mêmes. Marie est un tison et à tendre la main, je me brûlerais, ne serais qu'une plaie. Pénétrer un enfant, c'est retourner où on n'a pas le droit, et on s'épouvante.

Marie n'est plus sans risque, c'est fini de la regarder à loisir l'air de ne pas y toucher.

Depuis qu'il fait triste dans son lit, la veuve blonde me tanne pour me montrer Monte Alban, un site archéologique précolombien à dix kilomètres. Je suis désormais pris d'une léthargie colossale à l'idée de bouger pour, et dans la veuve. Avant d'aller à Monte Alban, je cède un plaisir à Marie, l'emmener assister à la ponte de centaines de tortues à Mazunte, à six heures de route. Tous les deux.

Jusque-là Mazunte était davantage connue pour faire commerce de la chair savoureuse des tortues. Ce n'était plus le cas, le gouvernement fédéral venait tout juste de décréter l'interdiction de leur commerce, la ville se lançait dans la construction d'un Centre mexicain de la tortue pour en assurer la sauvegarde après avoir grandement pourvu à leur extinction. Des huit espèces de tortues marines référencées au monde, on en trouve sept sur les côtes du Mexique où continuent de vivre les bien grosses, les bien pleines.

Marie est à la fête ! Et sa joie, Julien, me cueille, elle me bouleverse. L'absolu de l'enfance tout aux commencements sans aucun soupçon du danger du bonheur. Je découvre l'émotion à provoquer l'émerveillement d'un enfant, me jette dessus, en prends ma part. J'aurais voulu que maman entende son grelot tintinnabulant, c'est peut-être à cette seconde qu'elle m'a le plus manqué.

Nous regardons Marie et moi les tortues prendre d'assaut le rivage, remonter vers la plage, je recommande à la petite d'en choisir une entre toutes, de ne pas la lâcher. Je m'entends le dire et je me glace. Tout est gâché. Qu'est-ce que je suis en train de faire en lui apprenant à en repérer une, pour en faire quoi après ?

Les tortues montent où aucune vague ne pourra les atteindre, elles avancent en bataillon, tête penchée au ras du sable. Avec leurs ailerons, on dirait qu'elles rament dans l'air, ou qu'elles acclament le but qui donnerait la victoire à leur équipe en finale de Coupe du monde ! Elles se traînent mais avec une vélocité remarquable, soulevant un nuage de sable, puis elles s'abattent souvent là même où elles sont nées. Une fois posées, elles vont creuser leur trou et pondre jusqu'à cent œufs chacune. Il y en aura bien un qui survivra. Ça existe, les tortues jumelles ? Ou ne peut-il en sortir qu'une seule de chaque œuf ? C'est cela qui me restait, m'attendait ? Penser systématiquement à mal toute la vie à vivre ? Toute la vie n'est pas assez.

Les tortues donnent à la plage un aspect lunaire, archaïque, on n'a pas envie de les déranger. Nous les observons recouvrir de sable leurs œufs puis retourner à la mer, sans que Marie ait lâché du regard la carapace de *sa* tortue. Je lui promets que l'on reviendra, que l'on sera là pour l'éclosion. Maintenant il faut rentrer, on est partis depuis l'aube avec ordre d'être de retour avant minuit. À la sortie de Mazunte, un panneau indique que Puerto Escondido est à moins d'une heure de route, et l'image de la *pousada* où je pourrais emmener Marie s'empare de moi, on n'est plus dans la voiture de sa mère mais dans un grand lit, où j'ai besogné la veuve blonde à nos débuts. Je tiens ferme le volant, on ne bifurquera pas, je m'y refuse, me le refuse.

Tout le trajet à l'aller, je me suis retenu de prendre la main de la petite assise à côté, je la sentais sur un qui-vive elle aussi, mon regard ne quittait pas la route, il n'empêche, je les vois, ses jeunes cuisses. Il y a une tension palpable, sans qu'aucun de nous deux ose ce qu'il désire le plus. Toucher l'autre. C'est elle, la gamine, qui finit par poser sa main sur le volant comme si elle voulait que je lui apprenne à conduire. Pour mieux tenir le volant, Marie se penche vers moi, elle soulève ses fesses, tend tout son petit corps sur un horizon brouillé, et on fait un écart, la voiture fait un écart. J'ôte sa main du volant, la repose un peu trop lentement sur sa jambe, où mes doigts restent. Dans ma tête, je leur parle, à mes doigts, les insulte, leur ordonne de la lâcher, mais pour les laisser où ils sont je pourrais me couper un bras ! Je me ressaisis juste avant le virage, ordonne à ma main de revenir sur le volant, de ne plus en bouger. Je n'accélère pas, négocie en douceur les virages suivants, je ramène la petite à sa mère saine et sauve. Du coin de l'œil, je vois le menton de Marie trembler. Je ne desserre pas les dents, j'aurais trop peur de fredonner « *Be-Bop-A-Lula she's my baby* ».

Après cette sortie, la première et la dernière seul avec Marie, j'opposerai aux assauts de la fillette une résistance constante. Il n'empêche, d'une manière ou d'une autre en toute occasion qu'elle provoque, et elle est ingénieuse, la gamine, Marie appuie sur moi sa poitrine de débutante, une poitrine de danseuse. Elle se balade délibérément nue et mes paupières à demi closes n'en perdent rien. La pensée me lance de tenir ensemble dans une seule main sa cheville et son poignet tant ils sont fins, je la balancerais sur mon épaule, Marie, et on partirait loin. Avec ses petites couettes qui me fouetteraient enfin. Sa bouche d'or. La gamine se baisserait, ses fesses se hausseraient et puisqu'elle le veut tant, hein, je jouirais à gros bouillons.

En se plaçant entre le soleil et moi, Marie prend toute la lumière bien plus encore que le chignon de sa mère que j'ai cessé de dénouer à mesure que la concupiscence de la fille me pénètre à ne plus savoir où me mettre.

— On va nulle part, Benjamin.
— Je croyais qu'on allait à Monte Alban.
— Marie est bien agitée.
— Oui.
— Qu'est-ce que tu lui fais, à ma fille ?
— Justement rien.
— Je pourrais être amoureuse si tu me laissais l'être.
— …
— L'argent est à moi, Benjamin, tu ne me voleras pas !
— Tu veux dire que je ne l'ai pas volé ?
— Ne pars pas.
— Je n'aime pas les rêves que je fais.
— Je ne rêve pas, moi.
— Je sais.
— Et je dis quoi à Marie ?
— De continuer le français et l'italien.
— C'est la première fois que l'on parle, tu t'en rends compte ?
— Ça change quoi ?

Le site de Monte Alban est immense, à 2 000 mètres d'altitude au sommet d'une montagne proche d'Oaxaca. Monte Alban était encore peu visité, pas autant prisé des touristes, sans guérite à l'entrée avec une billetterie et son assortiment de gardiens. La veuve blonde et moi y avons déambulé sans croiser quiconque. *Pas âme qui vive*. À peine est-on arrivés au milieu de ruines datant pour les plus anciennes de 500 ans avant Jésus-Christ que ces mots *Pas âme qui vive* s'imposent à moi et ils tournent dans ma tête. Je me les répéterai longtemps après la visite. *Pas âme qui vive*, et ce n'est pas vrai, nous sommes bien vivants, avançant ensemble et à une telle distance. Satisfaire pendant ces trois années la veuve blonde, c'était en convoquer une autre, de blonde, ses poignets frêles. Maman nous vantait ses attaches délicates, pourtant elle avait de la poigne. L'air de rien elle avait l'air de tout, et nous ses fils on était bon public.

La veuve blonde n'aime pas la conversation que nous avons eue, elle fait planer une menace, néanmoins elle s'interdit toute crainte, sa désinvolture, je ne la possède pas. Elle passe devant, ne se préoccupe pas de savoir si je la suis, son ouïe le lui indique. Elle a un culot, et je l'ai désiré, ce culot.

Elle a voulu m'emmener arpenter un mont pelé, un éparpillement de pierres rescapées de batailles qui s'y sont gravées. Il n'y a que des restes à ciel ouvert, les marches ébréchées de monumentales pyramides à degrés. Des vides à chaque pas, aucun plein dès lors que le regard fuit. *Pas âme qui vive* mais des dieux, des sacrifiés, ils en gesticuleraient encore sur leurs pierres. Au couchant elles commencent de se teinter du sang des nuages gorgés d'heures de soleil. À parcourir un tas d'éboulis majestueux, gravir un énième édifice, nous marchons sur le jour. Beau déclin. Je sais bien à quoi elle pense, la veuve blonde qui se demande si j'y pense. Elle pile devant moi. Elle est à un cheveu de tomber. Ce serait une chute franche. Elle attend. Son dos n'est pas hostile, il se redresse, me défie de le faire. Maintenant ? Maintenant.

On trouve à Oaxaca une église de la Soledad, sanctuaire voué à la Vierge de la solitude. J'évitais d'appeler la veuve blonde par son prénom, Soledad, il était presque trop beau. Je me demande encore si à Puerto Escondido elle n'a pas juste décelé en moi celui qui répondrait le mieux à son seul désir. Nous n'avons pas erré à Monte Alban, elle savait où elle allait et y a marché droit.

Les sons à mes oreilles se sont amplifiés, j'entends l'air se déchirer, le frottement de mes doigts entre eux écorche ma mémoire, il la relance, je ne veux pas l'écouter. J'ai cru m'en défaire en changeant de continent mais non, bien sûr que non. Sur le site précolombien, la grande marée de la nausée me revient en pleine gueule. À Monte Alban, je suis devant un gouffre et il n'a rien d'olmèque ou de zapotèque. Vide insensé tu m'as retrouvé, me happes, me cries que tu ne me lâcheras pas. Le brouhaha en moi s'amplifie. Je suis au bord d'un corps et cette fois je suis dans son dos. Nous sommes les fauves de nous-mêmes. La femme devant moi va tomber, elle tombe, il me semble qu'elle a rugi.

Je n'ai pas tenu ma promesse à Marie. Nous ne sommes pas retournés assister à la naissance des bébés tortues. Au moment où ils sortaient de leur œuf à Mazunte, j'avais mis entre elle et moi une réserve naturelle, celle de Sian Ka'an, et remplacé sa mère par la mer des Caraïbes, moins dangereuse et démontée. Je le croyais, l'ai cru jusqu'Au Bout Du Bout.

Mexique

Yucatán

J'ai atteint le Yucatán après un lent périple. Ce que je possédais, je le portais sur mon dos, un sac gros d'une sacoche pleine de billets, beaucoup, suffisamment. Ce sac valait son pesant, il me cisaillait les épaules et quand je faisais halte je le laissais glisser le long de mon dos avec une grimace. Tu m'aurais vu, Julien, le corps noueux, tanné, les cheveux rongés par le sel, les lèvres brûlées par le soleil, ah, j'étais beau dans mon cadre idyllique ! Les jambes en coton d'avoir marché sans me poser plus de six mois au même endroit après Monte Alban. Je repartais, pas envie que l'on me trouve, ni de m'arrêter sur moi. Je me suis dirigé vers Tulum et le temps a passé sans que je cherche à rien en retenir et il vous happe. Je n'étais plus tout à fait de ce monde et je pouvais presque vivre. Le site précolombien découvert avec la veuve blonde m'avait donné la curiosité des vieilles pierres. Apprenant que j'en trouverais de presque aussi anciennes au-dessus de la mer, j'ai voulu les voir, et pendant dix ans chaque matin leur ai donné rendez-vous pour des aubes de sang. Le lever du soleil sur les ruines, la pureté de la lumière sur les pierres, un brasier qui ne brûle pas et dessine dans ses moindres contours ce parchemin des siècles, presque une éternité. Sa netteté aux premières heures du jour me réconfortait et suffisait à me retenir. Je me sentais bien à n'être rien, spectateur d'une beauté que l'on n'achète pas. J'enfonçais mes talons dans le sable mouillé où la mer se retire ; on le faisait déjà, Julien, sur la plage de La Palmyre, pour sentir sous la plante de nos pieds les grains se détacher. Ils laissent un creux qui vous aspire et on ne tombe pas. On fixait un lointain plein d'une nuque, on ne lâchait pas des yeux maman tout à sa manie de ces bains qui n'en finissaient pas. Et quand elle troquait l'océan pour la Méditerranée, on la regardait disparaître, envahis par une inquiétude à réaliser que même à deux, ses jumeaux, on ne pourrait la secourir une fois partie trop loin pour revenir. On se serait bien passés de cette tension, ressentant à quel point ce qui nous angoissait était pour elle une volupté.

Certainement j'ai vu en Tulum un monde d'avant où je serais mieux. Il y a trente ans, la pointe sud-est du Mexique n'avait pas encore été tout à fait saccagée par les touristes, ils ne s'y déplaçaient pas comme aujourd'hui par bancs entiers, jusqu'à saturer la côte de jet-skis et de boîtes de nuit. Ils s'y bousculent, avides d'un dépaysement, l'exotique, le lâcher-prise des congés payés, acheter du rêve low cost, toute la blancheur des Caraïbes léchée de turquoise. Je n'ai pas eu à slalomer entre des hordes même pas sauvages de gringos atterris à Cozumel ou Cancún, et une flopée de bides à l'air assortie d'une pelletée de prothèses mammaires. À moins de vingt kilomètres de la côte, le plastique désormais prend ses aises et petit à petit le plancton lui cède la place, garantie d'une occlusion intestinale pour les tortues et autres habitants de la mer. Ce sont des kilomètres carrés de paquets de chips, de bouteilles de soda, des pailles et des tongs amalgamées au large, asphyxiant faune et flore qui bientôt ne seront plus qu'une poudre de perlimpinpin.

Au pied de Tulum, je m'assieds dans l'antique, il me semble en être protégé. Je m'adosse au temple du Vent. À certaines heures, le frisson des vagues paraît prolonger le mouvement des palmiers, leur balancement semblable à une ondulation marine et j'épouse un vacillement. J'abrite de telles ruines en moi.

Une nouvelle fois je me livre à la torpeur d'années sans but, sans projet, à l'habitude de la monotonie ou la monotonie de l'habitude. Le passé continuait d'exister mais il se diluait dans un présent si ténu. Je deviens cet homme aux rituels minuscules, m'étirer, manger un fruit en trois bouchées, pas une de plus pas une de moins, suivre l'instant exact de la disparition du soleil dans la mer, et il s'est passé quelque chose. Jamais il ne m'a effleuré que cela pourrait être différent, qu'après tout j'étais jeune, ce que je voulais, vois-tu, c'est avoir le temps non pas devant mais derrière moi.

Peut-être d'avoir été enfermé à Bari, je dormais dehors, tout comme à Puerto Escondido et avant au Brésil sur l'Ilha de Marajo, ne me mettant à l'abri que pour éviter les gros grains à la saison des pluies. Et ça dure, ne rien faire. Être au monde. Évidemment le temps a raison de nous mais j'ai réussi à m'en détacher et il n'a plus rien d'interminable.

La mer des Caraïbes ne fait pas de vagues. Le soir tombait, je restais en elle bras écartés, visage renversé vers un ciel sur le point d'être enténébré. Il était mon ciel du Yucatán toutes les routes menant nulle part. Le corail remué au fond évoquait un sablier qui s'écoule, il me berçait. Au procès, Julien, tu as décrit ta collection de bouteilles pleines de sable, elles te bercent, toi aussi ? À Tulum, je découvre les bains de nocturne, je me couche dans la mer, immanquablement les poissons finissaient par me mordiller, drôles de chatouilles. Je guette les étoiles qui s'enfuient, elles ne me déçoivent pas, il y en a toujours une pour griffer le ciel. Quand l'haleine du vent me perce, nous sommes pris la mer et moi d'un même frisson, il me souffle « Il est l'heure maintenant ». La quiétude que maman trouvait à s'éloigner dans la mer, je l'éprouve à y rester, mais vient le moment où il faut en sortir.

À vivre loin du bruit du monde, à force de, j'arrive Au Bout Du Bout. Je finis par quitter Tulum pour la Grande Jungle Maya, son entrelacs de branches et de racines au bout d'un tronc. Je la traverse sans me prendre les pieds dans son amas de lianes, jusqu'à me retrouver de l'autre côté de Sian Ka'an, Au Bout Du Bout, j'atteins son rivage, et je m'en persuade, à ne pas m'en éloigner je n'aurais pas à semer une fois encore nos souvenirs. Je pose mon sac, je n'ai pas écorné mon butin, sans rien en laisser soupçonner. L'argent dedans est un possible, il a été nos très belles années à ma petite chérie et moi. Régia. Au procès, on a beaucoup parlé d'elle, j'y arrive.

J'ai d'abord cru voir la bosse d'une baleine, ou plutôt d'un baleineau. La pénombre avait envahi la plage, je m'y étais assoupi après des heures de marche le long de la côte retrouvée au sortir de la jungle. Allongé à même le sable, la nuque sur mon sac, un avant-bras replié sur les yeux, l'autre sur la bouche, j'ai laissé mon corps se détendre et cela passait par l'oubli momentané du sommeil. Je me suis redressé brutalement comme à chacun de mes réveils. Mes yeux embrumés se sont posés sur un cétacé, vite réévalué comme étant une femme à fleur d'eau sur le dos d'un homme. Sa brasse puissante les projetait tous deux vers l'avant, la faisant, elle, rebondir légèrement. J'ai vu son rire, trait pâle dans l'obscurité. Je distinguais sa très longue chevelure, devinais en l'homme un Maya, son côté taurillon, trapu, je leur ai aussitôt supposé une peau sans poils ni grains de beauté. Il me semble qu'ils ont fait l'amour, j'ai retenu mon souffle comme si c'était moi le fautif.

Régia viendrait avec l'aube mais il n'y avait alors que leur désir gros à ces deux-là ses parents. L'Indienne a fini par sortir de la mer. Pesamment. Elle portait la vie jusque dans ses talons s'enfonçant dans le sable. Elle a marché sans me voir, est entrée dans le cercle des grands arbres plus haut sur la plage. Nuque dévissée, je ne quittais pas son ventre. L'homme a surgi à mon côté. Alors ils savaient que j'étais là, acceptaient que je le sois, que je regarde ? Ses cuisses à elle inondées. À genoux dans le sable elle creusait un berceau entre deux contractions, l'enfant, déjà, appartenait à un autre ventre. L'Indienne procédait minutieusement, elle s'est accroupie, elle accueillait en serrant les dents ce qui était en train de lui déchirer les entrailles. Elle a eu un long cri de bête, même les singes n'ont osé lui répondre. À moins d'un mètre de moi, l'Indien à croupetons lui aussi s'est mis à se balancer en fixant des yeux la mer, il laissait faire, se détournait de ce qu'il n'aurait su accomplir, tout ce qui pouvait sortir de lui l'était déjà. Le sol a bougé, la femme est passée entre nous, l'Indien l'a rejointe et ils ont baigné l'enfant, je n'ai pas osé les suivre. Le ciel avait commencé de rosir, à se charger de poings pâles, des nuages qui ne me feraient pas de mal et s'ouvriraient avec le jour comme une fleur qui veut vivre.

J'ai reposé ma nuque sur mon sac, remis mes avant-bras à leur place et je me suis rendormi. Dans mon rêve j'étais collé à eux comme un chien à sa niche.

J'ai entrepris rapidement les démarches qui ont permis notre installation tous les quatre Au Bout Du Bout. J'avais, Julien, la volonté phénoménale de ne pas être uniquement notre passé. J'y ai laissé quantité de billets. Le cadastre a fait un léger détour et je suis devenu le propriétaire d'un hectare acquis en toute illégalité en bordure de la réserve naturelle. L'Unesco gardait les mangroves, la forêt tropicale, une biosphère, et j'autorisais volontiers les trois cents espèces d'oiseaux référencées à se poser Au Bout Du Bout. Les langoustes elles aussi aimaient notre coin, on avait à peine besoin de les pêcher, il n'y avait qu'à tendre la main. Nous avons fêté les un an de Régia en clouant l'enseigne Aux Trois Langoustes. On a invité tous les corrompus du coin, les jolies filles, sans oublier quelques comparses mayas. Plat unique : langouste au chile. Naïa veillait au piment de l'affaire, Jaci attrapait les bestioles et j'assurais le service. Imagine, Julien, qu'une seconde j'ai même pensé faire venir maman. Seulement, une fois pleine, la barque de Charon sur le Styx ne va que dans un sens.

Il a suffi d'une planche, de cordes, d'un cocotier pour nous faire une balançoire à la petite et moi. Je l'enveloppais dans un *rebozo*, ce tissu dans lequel les Indiens portent leur enfant, et en baissant la tête j'avais le nez à quelques centimètres de son crâne encore mou, c'était parti pour un tour. À toucher le ciel, bien plus à le renverser, je prenais mon élan pour deux, pour dix, on s'élevait, et ses petits os se plaquaient tout seuls contre moi. Quelle friandise elle était, Régia. Un bâton de réglisse, on le mâchouille, on le suce, on se persuade qu'il est sans fin.

Dès ses premiers mois je recherchais les tête-à-tête avec elle, la soulevais comme un rien. À contre-jour elle était encore plus minuscule. Je la tenais à la verticale, à peine au-dessus de mon visage, les deux petons sur la figure, l'adorable caresse. Ses talons étaient impensables de douceur, j'en fardais mes lèvres, encore, encore, et peut-être pourrais-je effacer la cicatrice laissée par la boucle d'un ceinturon.

Quand nous avons commencé nos marches, je lui demandais d'avancer devant, elle allait droite et anguleuse, sous l'échine ses vertèbres pointaient, j'avais des fourmillements dans les doigts. Comme lorsque l'on tient un oisillon dans sa paume, on est tenté, juste le temps de le penser, il suffirait de refermer la main et on le briserait. Je marchais dans la foulée de Régia, rivé à son dos, et j'entendais le craquement d'ailes que l'on déchire.

Naïa et Jaci ne m'ont posé aucune question, ils n'auraient pas eu de réponses. Ils n'ont pas plongé leurs mains dans mon sac plein de billets, subtiliser une poignée de dollars quand il y en a tant en aurait tenté plus d'un, pas eux. Ils parlaient uniquement le maya, ce qui m'allait très bien. Les écouter sans comprendre me rassurait. J'avais coupé mes cheveux en quatre, en mille, avais perdu mon air délavé, fini d'être un bout de bois malmené dans des remous dangereux. J'avais une ligne à suivre, ne m'en écarterais pas, voir grandir Régia. Ne rien perdre d'elle, tout observer, tout. La petite avait changé en moi le cours du désastre.

Une paire d'heures après sa naissance, ses parents étaient venus me chercher dans ma niche. J'avais trouvé le bébé bien laid, un vieux crapaud tétant. Est-ce mon silence docile, têtu, un air égaré que j'avais, le couple m'a adopté. J'ai pu regarder à mon aise Naïa donner le sein, une grimace lui échapper sous le pincement goulu, l'aréole très large de l'Indienne en était violette. On échangeait des sourires qui font du bien, on n'attendait rien de la petite, juste qu'elle vive. C'est moi qui ai choisi son prénom. Bien sûr je n'y avais jamais songé, ne m'étais pas amusé à tourner dans ma bouche un prénom possible, on l'essaye et on le jette, on le remplace, on y revient, lui aussi fait sa gestation. Je sais, Julien, que tu n'as pas d'enfant.

Après Bari, mon premier émerveillement je l'avais eu au détour du fleuve Amazone à la vision de dizaines et dizaines de plateaux végétaux démesurés, le plus grand nénuphar du monde, la Victoria Regia.

Avant d'arriver Au Bout Du Bout, je vivais d'ellipses successives, fuyant je savais très bien quoi. Je n'ai pas fait le compte des mois au Brésil, ne leur accordais pas de compter, il n'en serait resté que des buffles et des piranhas sans les Victoria Regia. Leur bouclier végétal m'a momentanément protégé d'années errantes. Tout le jour j'attendais de voir leur nénuphar s'ouvrir, je vivais pour les heures noires capiteuses de leur fleur épanouie, m'y suis attaché. Je n'allais pas appeler cette enfant Victoria ! Mais comme il lui allait, le nom de cette fleur sans égale qui s'ouvre la nuit, à deux reprises seulement, puis ses pétales faneront mais déjà une autre fleur a poussé.

Un bateau de pêche, sa coque fuchsia et vert Granny, une voile mauve, des filets remaillés bien plus beaux que des neufs, et sur le rivage Naïa au milieu de dizaines et dizaines de colliers de piments en train de sécher. À ses pieds, la petite concentrée sur son dix millième dessin de langouste dans le sable. De retour de nos escapades en mer, Jaci, maçon, couvreur, plombier, s'affaire plus haut sur la plage. Un groupe électrogène suffira, on fait le choix des torches, leur lumière dansante, des flammes éclairent la nuit autrement. On tient ainsi à distance le touriste de base, le pittoresque lui est vite pénible sans ses repères électriques, son confort. Une vingtaine de clients midi et soir suffisent, je n'ai pas à frayer avec les autres que l'on appelle les humains. J'ai survécu au visage dénaturé du monde, Au Bout Du Bout je trouve un interstice où continuer de vivre. Une bulle, elle éclate comme un rien mais on ne veut que ça, ne pas en sortir, et s'en sortir.

Une grande table en bois avec de part et d'autre du plateau deux bancs à notre façon, on y a cloué un dossier tout du long de manière à tenir les reins des amateurs de langouste. Aux quatre coins d'un ample carré de sable, une tenture permet d'être dedans dehors, si légère qu'au premier gros grain elle sèche entre les doigts du vent.

Débusquer les décapodes ne m'intéresse guère, Jaci pêche en apnée à moins de trois mètres de profondeur, je l'observe fouiller le corail de son harpon sans le brusquer. Je le seconde, entre la tête dans les plus gros trous, y repère les antennes. Je me fiche des verts, des bleus, des indigos, toute la palette des Caraïbes sur catalogue, et mets le cap sur notre repas, je tiens la barre, m'en tire bien.

À cinq ans, Régia laisse tomber ses dessins dans le sable pour préparer les assiettes avec moi. On s'attaque ensemble à la gangue épineuse des bestioles en leur plantant une aiguille fine dans la tête. Munis d'un couteau, on les coupe en deux dans la longueur, en plongeant la pointe de la lame dans leur crâne, d'un coup sec tout du long on tire un trait. La carapace cède, on sent la chair se séparer sous l'entaille, se déchirer. Cet arrachement, je l'attends, le fais durer une seconde de trop. On aligne nos victimes, Régia les arrose de la marinade maison grâce à la collection de colliers de piments séchés pilés par Naïa. La petite est concentrée, il ne faut pas se tromper dans le dosage, ou un seul morceau vous emporterait la bouche. Quatre minutes pas plus sur les braises, la langouste restera moelleuse, juteuse. Les deux parties identiques posées en regard dans l'assiette m'évoquent invariablement une paire de fesses. Ou un cœur écrasé.

On affiche complet midi et soir. Il n'y a pas de dimanches, de bonnes ou mauvaises saisons, il y a Régia, ses huit ans bientôt.

Ce que je regarde sur cette plage et que mes yeux ne lâchent pas, le moins possible, ce n'est pas un buste mais un torse. Ce que je fixe n'existe pas encore, deux infimes renflements, à peine plus foncés. Appuyer sur un devenir me démange, sentir la peau si fine, si jeune. Deux veines, arabesques céladon, filent sous les aisselles, à vouloir suivre le sentier tendre, je m'égare, en ai le visage congestionné.

À la saison des pluies, les perles chaudes roulent sur son torse, elles le dévalent, le chatouillent, la petite se jette dans le sable, ses deux clavicules saillent et font une coupe. Y boire le ciel, en être comblé, je voudrais être tous les nuages déchus crevés là. *Gadigadoudadoralivabichmamoun*, notre langue inventée, Julien, refait surface. Elle était muette depuis Venise, ne voulait rien entendre de l'enfant qui n'était qu'un cri. J'ai hésité à l'apprendre à Marie, me suis contenté de lui enseigner le français et l'italien. *Romobaradivizigzoug*, pour Régia je déroule notre langue inventée. On ne l'a pas donnée au chat mais à notre enfance. Jumeaux on l'est aussi dans ce jargon, les mots s'y ordonnent, ils font en nous des phrases, et on se raconte des histoires, leur irréprochable lointain. On ne dit pas tout à fait, et on ose beaucoup. L'imaginaire en est renversé. Dès l'instant où on posait nos fesses sur une des balançoires du jardin du Luxembourg, on l'avait à la bouche, on en faisait un lasso, on se lançait jambes tendues vers un vide à s'en étourdir et on ne tombait pas. Les doigts agrippés de chaque côté de la corde, notre petit corps décollait de son siège, il n'y avait pas de gravité en nous. On fermait les yeux, que le vertige soit plus fort, intimant à notre cœur de ne pas se soulever, et il nous obéissait, il n'était pas en pièces alors. On dépliait les jambes, on dominait le monde. On les repliait, on le frôlait. La peur n'était qu'un mot tout neuf, on n'avait pas huit ans, lèvres retroussées on se régalait d'infini.

Dagadiboumandobazibamadouvala, la langue inventée nous propulsait, elle élargissait le vaste, elle était sans limites et toutes les attentes, une préférence pour ce qui n'a pas besoin d'exister. La joie, Julien, on la provoquait. Et il me cogne, notre rire.

Les premiers mots de la petite avaient tout de notre langue inventée. *Azougadibaramivonoudobivavouna*. Je lui répondais *Vavouna !*. Ses doigts mignons essayaient d'attraper les mots sortant de ma bouche, j'en profitais pour suçoter ses petits ongles, dix d'un coup ! Elle a choisi de m'appeler lautrepapa, je n'aurai de cesse de tout faire pour qu'elle le répète.

On roule sur le sable, on joue à la bagarre, on en rit. Mes jambes la tiennent en tenaille, à peine, qu'elle le sente juste. Nos peaux se touchent sans qu'elle le sache vraiment. On est bien. Elle se cale contre mon bassin, ma main descend, s'arrête à la limite, ma main d'adulte sur ses reins, posée bien à plat pour en recouvrir le plus. Cinq doigts toquent à la porte de son corps, « Chut, Régia, chuuuttt ». Je me détache, j'ai froid, je m'égare. Et il s'affole, le rire.

Día de muertos, le jour des morts, bien plus qu'un folklore, c'est le squelette d'un pays. Les conquistadors pour recoller à la Toussaint en ont changé la date, qu'importe, les *angelitos*, les petits morts, on les fête en écorchant un arbre, on lui ôte son écorce, entièrement, et on la remplace par des fleurs. On en cherchait des brassées pleines avec Régia, on y enfouissait notre visage, ou plus exactement la petite plongeait son visage dans mes mains réunies en une vasque débordante de pétales, elle y frottait son nez, se barbouillait de leur odeur sucrée. Et quand elle relevait la tête, j'y allais à mon tour, sur sa trace. C'était une avalanche de fleurs dans mon rebezo. La petite à califourchon sur mon dos on grimpait jusqu'aux plus hautes branches de l'écorcé recouvrir d'une averse multicolore la blessure de l'arbre. À peine délivrée, l'offrande se fane mais on ne veut pas le voir. Ce que je voyais, c'était Régia comblant les cavités des crânes que l'on trouverait, ornant orbites et mâchoires. La chasse aux restes de squelettes les jours qui précédaient la fête était son jeu préféré. On scrutait le sol, particulièrement autour des arbres où les petits animaux pullulent, singes, tapirs, iguanes. Une année, on a mis la main sur un trésor, le crâne presque intact d'un jaguar, il n'y a pas eu assez de fruits, de graines, de fèves de cacao pour le décorer. À la place des yeux, la fillette lui a collé des pesos.

J'aurais aimé lui trouver la plume d'un quetzal, j'aurais attendu que Régia grandisse pour la lui offrir, et elle aurait possédé quelque chose d'un oiseau sacré en voie d'extinction. Garder ce qui disparaît, c'est l'œuvre d'une vie. C'est notre enfance.

Je suis celui-là à la fin du jour, entre chien et loup, tenant par l'encolure un cheval monté à cru par ma petite chérie. Les amateurs de langoustes venus sur leur canasson ne seraient pas repartis sans laisser Régia faire un tour dessus. On avance au pas. Campé sur mes jambes je me contente de ne pas lâcher le mors, rien ne me ferait monter sur l'animal, s'il y en a un qui sait pourquoi, c'est toi, Julien.

L'idée de maman, nous mettre à l'équitation, et on se tiendrait droits. C'était ça ou la danse, mais se retrouver en collant à faire des demi-pointes au milieu de pestes n'était pas envisageable ! J'ai détesté le manège, tourner en rond, avoir une bonne assiette. J'aurais voulu des éperons, un fouet, des obstacles à franchir, pas être sous la coupe d'un entraîneur m'ayant pris en grippe. J'enrageais des exercices imbéciles et du petit pouvoir que ce type nous imposait. On avait chacun notre bombe, noire pour toi, et la mienne marron afin que l'entraîneur puisse nous identifier. Après six mois à tourner au pas et à m'ennuyer, ça m'a amusé de le piéger. Il était incapable de nous différencier, j'ai interverti nos bombes.

Première fois que l'on s'essayait à ce petit jeu des vrais jumeaux, prendre la place de l'autre. Première fois que je changeais d'identité. Te voilà, Julien, le crâne sous une bombe marron, et dans la seconde le saligaud te tombe dessus, tout ça parce qu'il te prend pour moi. Ça m'est encore plus injuste. Je vois rouge, il n'y a plus d'adulte, plus d'enfant, de professeur et d'élève, il y a une brute et je lui fonce dessus. Le type abasourdi est obligé de changer de cible, il ne se domine plus, lève sa cravache, et pas en direction des mollets. Pile au moment où maman se pointe, fin du manège. Toi, Julien, tu n'as pas bougé. Je suppose que tu attendais de voir comment ça allait se terminer. Seulement je t'ai entendu répéter à voix basse, très basse, que tu n'étais pas moi. En cette seconde jumeau tu l'es mais pas un frère. Je récupère ma bombe, te tends la tienne, sans vouloir le croire, que tu nous as trahis. Le sachant.

Régia est nue sur son cheval, elle n'a pas de bombe et je n'ai pas de cravache. Elle veut à tout prix nager avec sa monture, la sentir bouger sous elle cernée par la mer. Elle se met à genoux, en équilibre sur l'animal immergé jusqu'à l'encolure, elle ne veut pas que l'eau la touche. La petite farfouille dans la crinière, je rallonge les rênes, me tiens en retrait, je regarde. Ma bouche est sèche, le sable sous mes pieds me paraît plus dur, je serre la lanière jusqu'à sentir mes ongles dans ma paume. « Assieds-toi, Régia, assieds-toi. Ou je… ou tu vas tomber. » Son front posé dans le crin, ma petite chérie me révèle ce qu'elle a de plus sombre. Un mouvement de la mer soulève un peu plus l'enfant, fesses ouvertes. Comment enrayer l'avidité à posséder deux globes parfaits maintenant accroupis sur une croupe ? Notre désir ne fait pas de nous des coupables. Dans mes songes il y en a un qui la couchait, Régia, tout entière sur sa bouche, prête à être ouverte comme on ouvre une langouste. Tout en moi réclamait de ne pas me réveiller. C'est jusqu'à quand, jamais ? Je veux jouir, je ne touche pas mon sexe et j'aurais le droit de tout vouloir, tout obtenir. Il y a des détails, ils sont importants, ils sont vrais dans ce qui ne l'est pas. Ils me soufflent que l'on pourrait nous surprendre, Jaci et Naïa ne sont pas loin, et j'ai besoin de temps. Mon plaisir se coince. J'ai soif, je suis un museau. Il renifle le museau, il pousse, il prend. Vite ! Le tissu où je gicle en est glacé.

Il y a un homme qui marche, des allées et venues sur notre plage, pas exactement la nôtre, les pots-de-vin ont leurs limites. Il ne s'approche pas, n'a pas déjeuné ou dîné Aux Trois Langoustes mais il était là hier, avant-hier, il est là aujourd'hui, à la même heure. Il ne s'adresse à personne, reste à distance, je le tiens à l'œil, je sais où il veut en venir, ses manigances. Il veut piquer la curiosité de la petite, l'intriguer, l'attirer, en ne manifestant aucun intérêt pour elle. Je connais le truc. Même s'il ne la regarde pas, il est là, il va, il vient, et il la ferre. Je ne le laisserai pas faire. On part nager. Dans la mer les images m'assaillent, je n'essaye plus de les modeler à ma raison, ma déraison. Je nage sous l'eau, de longues brasses, mes poumons me brûlent, je fends la mer d'un trait lent, je connais le passage dans la barrière de corail, la côte s'efface dans mon dos mais je sais qu'elle est là, je m'éloigne, jusqu'à atteindre un gosse aux songes d'or. L'enfant a huit ans, il a neuf, dix, onze, douze, treize ans, il n'arrête pas de mourir et réclame de sortir la tête de l'eau.

Je fais demi-tour, mes gestes sont saccadés, je m'écorche au corail, déterminé à neutraliser le type, le rôdeur, le danger. Je cours dès que j'ai pied, fonce droit sur lui, l'empoigne, jusqu'à ne faire qu'un. On est de la même taille, du même poids, il me résiste. J'aurais besoin de Jaci, mais ni lui ni Naïa ne se sont rendu compte de rien. Et Régia qui n'ose pas m'en parler, j'ai bien vu qu'elle y pensait, elle a commencé de l'attendre, de marcher à ses manigances. Je vais le massacrer, j'en ai les jointures blanches des coups qui vont pleuvoir sur sa gueule. Il va avaler du sable jusqu'aux yeux, deux entonnoirs et il ne regardera plus rien. Quand on a des orbites comme une cuvette, on y verse ce que l'on veut. Et on s'aveugle. Pourquoi mes poings cognent-ils le vide ? J'ai le cerveau farci de soleil, sa réverbération. Il y a pire que mes mains, ce qu'elles pourraient détruire, il y a ma tête. Un, deux, trois, nous irons… je vais où ?! Quatre, cinq, six, cueillir… cueillir quoi ? Qui ? Sept, huit, neuf, oui elle est toute neuve. Dix, onze, douze, je vois rouge, je pare les coups mais n'arrive pas à le faire tomber. Il n'y a personne. Il y a moi.

Le corps de Régia a changé, il s'est allongé et creusé. Elle n'a pas de hanches encore ni la taille marquée, de taille elle l'est à m'ensorceler. Elle a pour quelque temps encore un galet en haut des cuisses, deux beaux bourrelets marquent l'entrée de sa fente. Je ne peux m'empêcher de regarder, mon œil a bien le droit. Il s'attarde. Elle porte les cheveux courts pour les empêcher d'être pleins de nœuds avec le sel, elle n'aime pas qu'on la peigne mais quand elle sera grande elle aura une tresse jusqu'aux talons comme sa mère. Ma petite chérie est en train de perdre ses pieds d'enfant, je remarque qu'elle aura ceux carrés de son père. Naïa et Jaci sont occupés Aux Trois Langoustes. Je suis allongé sur le sable, viens de plier mon pagne, y pose mon front, je suis entièrement nu et ma petite chérie me masse le dos, je lui demande d'y aller plus fort et réclame à ma tête de se laisser aller. Régia me grimpe dessus, il m'est impossible de ne pas guetter l'instant où ses fesses vont s'asseoir sur les miennes que je contracte, empêcher l'adhésion totale. La petite bouge, se déplace sur moi pour avoir plus d'appui et atteindre le haut de mon dos, j'arrive à ne pas durcir. Elle a les mains grasses de l'huile réservée aux langoustes, elle fait comme je lui ai appris, roule ma peau entre ses doigts, pince, remonte de part et d'autre de la colonne vertébrale jusqu'à la nuque, elle appuie de tout son poids. Elle commence à transpirer et ses fesses font ventouse. Le pagne me protège du sable mais pas d'elle, qui s'attaque poings fermés à mes épaules, les repasse comme si elles étaient froissées, avaient un faux pli à enlever. Ses doigts sont de charmantes bestioles qui font la course sur mon cuir chevelu. Que lui raconte-t-il, mon grand corps ?

Il y a tellement de débuts et de fins à mon histoire. Tellement d'entrées et de sorties. Je ne faisais pas de différence entre les filles, les garçons que Le Gargouilleur enlevait, ils étaient juste les enfants. Marie a été un prélude à Régia. Un avertissement. Je n'en ai pas tenu compte. Et ce n'est pas Marie mais ma petite chérie que j'ai emmenée voir l'éclosion des œufs de tortue. À Akumal, cette fois.

On accompagne les bébés jusque dans la mer, on les regarde brouter les herbes au fond de l'eau à moins de deux mètres de profondeur, leur premier repas. On colle à leur carapace et on les protège de toutes sortes de prédateurs, essentiellement des oiseaux marins. En notre présence ils hésitent à s'emparer des nouveau-nés, et ce premier jour n'est pas leur dernier.

Tout comme avec Marie, le sérieux de Régia pour porter secours aux bébés tortues me bouleverse, sa gravité à les défendre, avec déjà la conscience de leur fragilité, à l'image de la coquille brisée d'où ils sont sortis. On a vu la surface de l'œuf se fendiller, craquer sous la poussée de carapaces venues de la préhistoire, avant qu'apparaissent les paires d'yeux à fleur de tête de celles ayant survécu. Dix, quinze, quarante sortent du même trou. Elles se marchent dessus, avec un affolement et une détermination ; se précipitent vers l'eau comme si elles savaient quel risque on encourt à naître. On pourrait les croire lancées dans une course avec les bernard-l'hermite autrement plus placides ; elles, n'ont qu'une poignée de secondes pour échapper au danger, et plonger.

J'ai raconté au procès la naissance des tortues à Akumal avec Régia, et les yeux de Marie se sont embués, je l'ai vue sur son banc des témoins attendre encore que l'on retourne ensemble à Mazunte. À son tour Marie a raconté cette journée de son enfance restée intacte dans sa mémoire, comment au retour, en ne prenant pas la direction de Puerto Escondido, je l'ai laissée, elle, intacte.

Dix-sept ans après Marie et Oaxaca, alors que j'approche de la quarantaine et Régia de ses huit ans, mes pensées morbides montent d'un cran devant un tout autre reptile, les Bothrops et leur piqûre mortelle. Au moment de la reproduction ils sont des dizaines et des dizaines à fondre sur une même femelle et forment une boule de serpents remuante, abondante, l'image qui me vient : gesticulante. Un condensé de poison. Je me mets à imaginer de lancer Régia dans la mêlée, ma petite chérie dévorée par des crocs avides. Cette vision ne me quitte plus, j'en salive, la convoque, et crois voir, dans l'anodin voilage délimitant Aux Trois Langoustes les raies manta et les femmes du générique d'*Opération Tonnerre*, leur danse lascive. Macabre.

Mon sang est une fourmilière, mes doigts réclament d'attraper la gosse. Chuuuut, petite fille, chuuuut… On ne dira rien.

Je la préférerais morte plutôt qu'objet de mon plaisir. La tuer ? C'est à ce prix. À la hantise de mon obsession, en substituer une autre. Le corps flottant de l'enfant.

Cénote, Dz'onot, le puits sacré. Une bouche creusée à même la pierre, elle descend sous terre, les Mayas confiaient à ces gouffres leurs peurs et leurs espoirs en s'adressant aux dieux de l'inframonde. Je n'ai rien à demander à ces divinités, et trop à dire, là encore je me tais.

Si j'étais un scientifique, j'observerais moi aussi dans la concentration de cénotes trouant la péninsule du Yucatán à la manière d'un gruyère le résultat de l'impact d'une météorite tombée il y a soixante-six millions d'années et dont on dit qu'elle est responsable de la disparition des dinosaures. Mais j'ai eu pour maître Le Gargouilleur et dans ces puits naturels de toutes tailles, je ne vois que des trous où laver mon désir. Sur notre hectare nous avons un cénote qui nous est pour ainsi dire réservé. Alimenté par un réseau de rivières souterraines et son gigantesque canevas parcouru d'une eau vive. Ma petite chérie et moi nous plongeons sous terre, on nage entre deux eaux. Douce à la surface, salée en dessous de communiquer avec la mer par de grandes failles. Mes rêves me submergent, ils prennent le pouvoir, je me réveille dans une tension totale, à la fois effaré et effrayé de ma langue qui continue de vouloir déguster mon enfant. Pour reprendre le dessus, je leur substitue un engloutissement fatal et c'en sera terminé de la petite sirène de notre cénote. Morte, Régia n'aura plus de jambes, plus de cuisses, plus de fesses, elle sera impossible. À quel prix je m'interdis ce que je désire tant. Morte, elle est sans risque. Dans le pire, j'instaure une hiérarchie de l'odieux. Vivre sans elle et je ne vivrai pas en elle. Certains Mayas, dit-on, se jetaient d'eux-mêmes dans le vide pour mieux approcher leurs divinités. Le rite promettait à la victime un rang de substitut de dieu, elle se pressait au bord du précipice, certaine de revenir sur terre en petit colibri ou en papillon. Ah Puch le squelette, dieu de la Mort, peut en rire, je ne suis pas le seul avec mon délire. Déjà à Monte Alban j'avais remarqué l'alignement de pierres des Danzantes gravées d'hommes nus livrés en sacrifice. Une histoire inscrite dans mes entrailles.

Notre cénote a tout d'une piscine privée. Davantage encore qu'en me couchant la nuit dans la mer, j'y rejoins l'inconnu familier dont nous venons, le ventre retrouvé.

Naïa et Jaci préfèrent ne pas s'y pencher, accordant à cette béance un caractère sacré. La petite est un vrai singe, nous descendons au moyen d'une corde, Régia et moi sommes seuls au monde, enfouis mais pas trop loin sous la terre dans le Dz'onot plein d'une eau transparente, son plafond recouvert de racines en décomposition sécrète du soufre au-dessus de nos têtes. J'aime son odeur humide, un effluve vert-de-gris. La joie de Régia y rebondit d'une paroi à l'autre, elle recouvre tous les rires d'enfants de tous les squares, les musées, les aéroports, les sorties d'école d'Italie. Arrive immanquablement l'instant où le grelot s'arrête, ne reste qu'un corps tendre. On ne parle pas la petite et moi mais nos yeux voient avec ceux d'Ah Puch, ses orbites évidées. Je me raconte une histoire de plus en plus malade où des dieux affamés réclament des larmes d'enfants. Les quatre codex mayas autorisent de tels méandres, et ma pensée se berce du murmure des rivières charriant les âmes d'enfants enlevés.

C'est tellement facile de blesser un enfant. Un petit, on peut le bousiller, juste pour voir, et en être impuni. Recommencer, franchir la limite, et on y va. Quand Régia n'avait pas encore un an, je l'ai immobilisée et j'ai serré. Je sentais ses rotules proches sous le cartilage, j'aurais pu foutre en l'air ses jambes, elle aurait dit quoi ? Je n'aurais pas laissé d'empreintes, je l'aurais détruite. J'avais pris un air de colère comme si la punir était obligatoire, la dominer naturel. J'ai tout observé de son incompréhension. On ne jouait pas. Ces secondes sont une bile. J'ai macéré dedans pendant des années. La vulnérabilité de Régia bébé me fascinait et m'épouvantait. Je l'aurais violentée, j'aurais été indécelable.

Au centre de tout il y avait Régia. Dès que je m'autorisais à la convoiter, une acidité me remplissait la bouche. Je réclamais à la tempête de se déchaîner, elle soufflerait, soufflerait, et j'aurais beau lutter, ce serait la faute du vent, il me pousserait vers ma petite chérie, rien n'y ferait. Son tourbillon épuiserait ma résistance, me ferait trébucher, et ce ne serait pas ma faute si je tombais sur la petite.

Nous explorons notre territoire, la nature par tous les bouts. On y passe des heures, on n'est rien qu'à nous.

En assemblant des rondins accrochés à quatre cocotiers, je nous ai construit un radeau aérien. On domine la mer, elle en est plus vaste à la regarder de haut. On peut s'allonger dans tous les sens sur notre radeau. On a deux positions préférées. Côte à côte sur le ventre avant-bras repliés sous notre menton, on boit l'écume des yeux. Ou assis en tailleur et on la lit comme un livre.

J'ai fait une chose pour ma petite chérie, j'ai cousu la mer. Depuis sa naissance j'avais mis de côté des éclats de nacre, toute une récolte de coquillages irisdescents cachée avec mon reste de billets. Pour ses huit ans j'aurais un cadeau inestimable. Les mois qui précèdent, je couds en cachette la nacre à un drap, il sera la voile de notre radeau suspendu dans le ciel. La lumière de la lune qui se réverbère sur l'eau est propice à la méticulosité que réclame mon ouvrage. Je couds à en avoir mal aux genoux de les garder pliés, le dos engourdi penché sur mon aiguille. Trouver un chas n'est pas une mince affaire, chaque fois c'est une victoire. Certains coquillages sont tellement fins, ils se brisent à peine je les heurte. J'assemble un chatoiement. J'en ai gardé une trace au bout de l'index, à pousser l'aiguille, la peau échauffée puis creusée par le sel. Cette marque, Julien, est le contraire d'une autre laissée sur mon menton par la boucle d'un ceinturon.

— On dirait une voile magique ! On va s'envoler ! Tu veux bien, dis, lautrepapa ?

— Tu as envie de partir, toi ?

— On fera quoi autrement ? On restera toute la vie de la vie ?

— Oui. Toute la vie de la vie. Ce serait un beau rêve.

— Prends-le pour changer les tiens alors.

— Pourquoi tu dis ça, Régia ?

— Des fois tu dors et tu cries. Ça me réveille, ils font peur, tes Tut Tut.

Je n'ai pas réussi à changer de rêve. Le matin des huit ans de Régia, nous avons hissé la voile de nacre, et le cyclone a tout obscurci. Les cocotiers ont eu l'air de danser et ce n'était pas drôle. On a le cœur au bord des lèvres avec ma petite chérie. Je vois Naïa et Jaci emportés, étranges marionnettes, l'enseigne Aux Trois Langoustes et ma niche soufflées. J'entends l'enfant hurler en moi. Et Régia. On tombe. On tombe dans un trou sans fond.

Je suis le fantôme d'un pauvre enfant. Quelle sorte d'homme cela fait ? Une dernière fois, je pars. Et je me chasse de ma propre vie.

Italie

Bari

Cela commençait avec le couinement de la porte soigneusement refermée. Puis le son étouffé des pantoufles avançant sans hâte, sans hésitation. À mesure qu'elles approchent, l'enfant se sent devenir un caillou. Par quelque bout qu'on le prenne il n'est qu'arêtes. J'aurais tant voulu être ce caillou tranchant et il ne m'aurait pas touché, il se serait blessé à ma surface dure, s'y serait entaillé, aurait renoncé. Il aurait lancé loin le caillou et peut-être l'enfant lui aurait échappé. Mais non, la porte de ma chambre s'ouvre et mon histoire au conditionnel s'arrête.

Le Gargouilleur laisse volontairement la porte entrouverte, il doit aimer sentir la présence de la femme en bas qui ne bougera pas mais suspend tout ce qu'elle est en train de faire. Il aime aussi donner à l'enfant l'impression qu'il pourrait s'échapper par là, dévaler l'escalier et fuir. Il aime enfin la lumière du couloir restée allumée, sa clarté. Il est heureux, il chantonne « *Be Bop A...* »

Pour l'enfant, l'air s'est figé dans la chambre. Comment respirer ? Il faut tenir. Ce qui s'avance vers lui est une décharge d'un fusil de chair et de sang qui le débusquerait dans n'importe quel coin, n'importe quelle cachette. L'enfant se le répète pour l'accepter alors que pyjama aux chevilles le fusil le vise, s'arrête sur sa cible. Ce qui en sort, l'enfant le prend comme la bête sauvage reçoit la balle qui l'abat. L'animal a un tremblement de tout son être qui n'accepte pas de mourir, et la prend, la mort. L'enfant a mis la tête sous l'oreiller, les sons en sont amortis, comme sortis de la pièce. Il se répète en boucle que son oreiller est moelleux, pour être moins seul avec l'horreur. Attendre. Attendre, et ça va s'arrêter. Le Gargouilleur le laissera. Ça recommencera, l'enfant le sait, mais pour recommencer il faut bien que cela cesse avant. « Voilà doucement. Doucement. » C'est si long. Et le monstre se retire. L'enfant ne rouvre pas les yeux, il s'empêche de regarder. S'il arrive à s'endormir maintenant, il pourra croire à un cauchemar et tout sera sec, sur le drap, entre ses fesses, même l'intérieur de sa bouche sera sec et n'aura plus ce goût, il préférerait boire du pus. Il presse ses paupières, à les faire entrer dans ses orbites, il ne connaît pas le dieu Ah Puch. Il voit une bande d'un rouge très sombre, un bandeau obscur, il en sort des comètes. Elles traversent la chambre, le traversent lui, s'élancent dans tous les sens sans se cogner à la fenêtre, elles vont où elles veulent, elles s'échappent et elles tracent, l'emmènent avec elles.

Je ne voulais pas. Jenevoulaispasjenevoulaispas-jenevoulaispas. La première fois le soir de Noël, Le Gargouilleur me trouve recroquevillé sous mon drap, roulé en boule puisque je n'arrive pas à être un caillou, j'aurais voulu que mes bras soient une chaîne, mes mains un double cadenas, mais ils n'ont rien protégé. Il m'ouvre, il a des mots rassurants. « Tout se passera bien. » Des mots gentils. « Tu es un petit garçon bien sage. Tu le sais, ça ? » Une voix comme un torrent glacé, on ne peut s'empêcher d'y mettre la main tant il est limpide et on en est transpercé. Il me force, il me fait mal, je ne voulais pas. Jenevoulaispasjenevoulaispasjenevoulaispasjenevoulaispas.

À présent l'enfant de Bari a quarante ans. Il revient sur des traces de sang qu'aucun cyclone ne saurait effacer. Pas une de ses tentatives pour abolir le passé n'aura réussi à empêcher ce qui advient. Il n'a plus de prise sur celui qu'on a fait de lui.

Je suis le fantôme d'un pauvre enfant, toute la durée du vol depuis Mexico ces mots m'ont taraudé.

La façade de la maison du Gargouilleur ne laisse rien soupçonner. Je me suis posté devant sans chercher à me cacher, il est là, je le sens, il est faible, je le sais. Le soleil tape sur ma tête et mon ombre est devenue toute petite, une d'enfant mais si je me penche, me mets à son niveau, ma main tendue passera au travers. L'enfant en a mal encore des coups de fusil. Et il explosait en une myriade de comètes. L'une d'elles m'aura guidé jusqu'à cette terre du Yucatán percée de cénotes.

La façade est propre, un nouvel enduit a eu raison des taches au-dessus de l'encadrement de la porte, de leur ligne sombre depuis le toit, on aura refait l'isolation, comblé les fissures. Un lierre court à l'intérieur, il grimpe partout, persistant. On ne le voit pas mais tout ce qui est nu il s'y agrippe, le lézarde, il va falloir tirer d'un coup pour l'arracher et c'est tout le mur qui viendra, plus rien ne tiendra debout. C'en sera fini de se faufiler. Toutes les racines je vais les couper, elles ne pourront plus prendre dans quoi que ce soit.

J'en étais certain qu'il suffirait de revenir pour le retrouver. Je n'ai jamais pensé qu'on l'arrêterait ou qu'il mourrait avant. Est-ce d'avoir eu besoin d'en finir avec lui sur le lieu de son crime qui va être le mien puisqu'il est le nôtre ?

Le facteur vient de laisser un de ses fichus journaux dans la boîte aux lettres, je connais les habitudes du Gargouilleur, il va sortir, impatient de le lire, j'en suis presque tranquille.

Le voilà, il ne ressemble plus du tout à ce nom que j'ai continué de lui donner, il a vieilli ce monstre d'un conte sans fées, le méchant de l'histoire qu'aucun enfant ne devrait rencontrer. Il a aux pieds les mêmes chaussons fourrés, il en avait plusieurs paires d'avance, c'est quelqu'un de prévoyant. Il flotte dans ses vêtements, toujours une chemise à carreaux dans les tons taupe, un velours beige à grosses côtes même en plein été. Dans sa chambre il en avait une armoire pleine, pantalons et chemises soigneusement pliés, j'allais fouiner, trouvais nos identités pour les années à venir, j'ai regardé un nombre incalculable de fois la tête que j'aurais un jour et qui ne serait pas la mienne. J'essayais de lui sourire, à ma tête, de l'amadouer, ne pouvais m'empêcher d'être un peu fier du grand sur les passeports. J'ai continué seul ensuite à Rome avec les faux papiers, plus difficiles à obtenir qu'en fouillant dans du linge, il a fallu fouiller autre chose. De n'avoir eu que des faux pour identité, que reste-t-il de vrai ? Je n'étais jamais resté aussi longtemps devant cette armoire, il y avait un danger à demeurer là mais ces minutes à braver Le Gargouilleur changeaient ma peur, me reposaient d'elle. Je replaçais soigneusement l'enfant sous la pile de mouchoirs, mes lèvres formaient des mots sans oser les murmurer, Ne t'en fais pas. Tu vas sortir de là. Je ne partirai pas sans toi. Je reviendrai te voir. À bientôt.

Bientôt a une fin, je viens la lui donner. Je ne pense pas à demain. Il n'y a de place que pour l'enfant. Je viens le chercher.

Le troisième train de la matinée va passer. Je ferai ce que j'ai à faire avant que le dernier aujourd'hui ait fait trembler la baraque, mais pour entrer, crocheter la serrure comme il me l'a appris, j'ai d'abord envie de manger quelques oursins.

J'explore à pied la Città Vecchia pour toutes les fois où je ne l'ai pas fait, chaque ruelle je m'y avance, reviens sur mes pas, pousse jusque dans des cours, je tourne en rond volontairement, avec pour seul repère l'odeur de la mer, plus iodée qu'au Mexique, mes doigts en un réflexe essuient le sel sur mes joues, mais non elles sont sèches. La mémoire me lance.

Je m'arrête à une table donnant sur le port, je serai bien rue Venezia… loin de Venise. Une nappe blanche, le garçon a tenu à m'offrir la carafe de *vino bianco* de la *casa*, il pourrait s'appeler Generosità. Je ne crois pas que je vais dire un mot de la journée, indique sur le menu mon plat préféré, lève deux doigts, oui, deux *tutto ricci di mare*. J'ai faim de ce qui a été le meilleur de mes années à Bari, et la femme qui l'avait compris s'était mise à me cuisiner des oursins le plus souvent possible sans qu'une fois je l'en remercie.

Quand les nuages apparaissent, je suis le seul des clients à ne pas quitter la terrasse, je me replie sous une bâche avec mon assiette. Dix minutes après, les remparts lavés de pluie n'ont pas besoin de soleil pour briller, je les regarde eux, et pas la mer qui pourrait être belle. Je suis parti du Yucatán en courant. Exactement comme de Monte Alban il y a dix-sept ans, ou Rome avant. Au Bout Du Bout il a fallu composer avec un cyclone, les routes inondées, un enchevêtrement d'arbres racines à l'air, entre des coulées de boue à l'intérieur des terres et la mer furieuse, un chaos.

Je me laisse envoûter par les cinq langues cramoisies de l'oursin ouvert dans mon assiette, dix oursins découpés. Autant d'orifices au centre, leur anus dans un écrin cerné de piquants terribles de se briser dans la chair et on ne peut plus les faire sortir. Je respire un mystère, le goût d'un organe cisaillé, un corail. Je suis seul sur cette terrasse et j'en profite, la pointe de ma langue parcourt chacune des membranes identiques, les glandes sexuelles de mes oursins je les déguste crues, une à une. Cette fois je peux presser le citron dans ma bouche sans me blesser. Je mange la mer. Quelques secondes sauvages. Combien je l'aurais honorée, la joie, Julien. On a eu une jumelle et c'était elle.

J'ai préparé mon crime en mangeant des oursins, et je l'ai savouré. Le Gargouilleur n'a pas tant changé. Il n'a pas bougé, ne s'est pas caché, il est juste devenu vieux. Son cou engoncé dans des épaules déjà pourtant basses, pas de ventre sous la chemise mais tout doit y être flétri, ratatiné. Tout. Les quelques mèches de cheveux fins qui lui restent sur le crâne lui donnent un air de poussin qu'il n'est pas. J'ai eu le temps de voir les marbrures violettes sur le dos de ses mains, des poches de sang coagulé, elles n'attendent que de couler. Lui arracher la peau, en faire un de ces spécimens, un écorché, que l'on étudie en cours d'anatomie et qui fascinent les collégiens.

Après le restaurant j'ai marché sur les remparts, me suis saoulé d'une brise et cette ivresse a pris le pas sur la précédente, le vent a eu l'air de me pousser vers la voie ferrée, je n'ai eu qu'à me laisser porter. En forçant la serrure, je me suis cogné le pouce violemment, pendant des mois je me traînerai un ongle noir qui finalement ne tombera pas. J'ai suivi la progression du poinçon avec une quasi-jubilation. Il était la réalité de mon crime.

Un halo violet a petit à petit envahi la lunule, telle une éclipse. Enceintes, les femmes mayas scrutent la lune, redoutant son croissant bordé de noir, elles y voient la mort qui s'invite dans leur ventre.

J'entre dans la maison, me déchausse, je ne peux m'en empêcher. On avait interdiction d'y faire un pas avec nos chaussures, on ne devait rien rapporter de sale de l'extérieur, la phobie du Gargouilleur. On se déchaussait tour à tour sur le paillasson, l'hiver j'attendais sur le seuil qu'il ait délacé ses chaussures dans un courant d'air froid, on est en été mais je le sens passer sur mon échine. Le Gargouilleur exigeait de la femme qu'elle serpille l'entrée matin et soir au cas où un microbe se serait échappé de dessous nos semelles. Même les jours où on ne sortait pas ! Le grand malade.

Celui ou celle endormi sur la plage arrière, je ne le voyais plus, ni ses chaussures. Le Gargouilleur refermait soigneusement la porte du garage attenant à l'entrée, faisait comme si de rien n'était, la pile de journaux reçus en notre absence l'occupait, il se servait un verre, je guettais le claquement du glaçon. J'avais beau connaître ses habitudes, tout savoir du rituel, j'étais abasourdi de son calme, la lenteur de ses gestes et de sa respiration, il humait son verre, croisait les jambes, confortablement assis dans son fauteuil, moi à ses pieds sur le tapis. Il buvait une gorgée, appuyait la tête contre le dossier rembourré, et si la saison était fraîche la femme déjà avait allumé un feu. Tout aurait pu paraître ouaté s'il n'y avait eu dans le garage un enfant condamné. Ciseaux en mains, j'œuvrais à ma tâche, découper les journaux, je veillais à croiser les lames le plus lentement possible comme si mes doigts avaient été filmés au ralenti. Je me persuadais de retarder ainsi le moment où Le Gargouilleur se lèverait et retournerait dans le garage.

À part les miennes, je ne vois pas d'autres chaussures à côté du paillasson. Je me demande s'il porte maintenant autre chose que des chaussons, s'il n'est pas devenu le bon papi que l'on voit déambuler dans le quartier à heures fixes, pantoufles aux pieds, acheter son pain ou la tranche de viande du jour, et on se salue courtoisement entre voisins.

J'avance dans le vestibule, je découvre qu'ici a une odeur, elle me saute à la mémoire. L'odeur d'une maison fermée au soleil, volets clos, doubles rideaux tirés. Une odeur humide de champignon avec dessus les effluves frais d'un sol lessivé à outrance et on marche sur la pointe des pieds. Au bas de l'escalier, les marches brossées au savon de Marseille me lancent leur parfum de saine moisissure. Qui les récure ? La femme ? Je préférerais ne pas tomber sur elle, monter cet escalier en croyant qu'elle n'a plus eu à le nettoyer depuis longtemps. J'ai le cœur pris dans une gangue glacée, la femme l'amollirait. Déjà cette odeur d'un jadis m'immobilise. On n'est pas nostalgique de l'horreur mais l'impossible passé vous défait. On peut récurer les veines d'un plancher, on a beau frotter avec une brosse, de l'eau savonneuse à en avoir des gerçures, frotter aussi fort que la femme avec l'enfant dans la baignoire sabot, l'odeur d'où on a grandi demeure.

Je me dirige vers le salon, il y a une usure dans le tapis à l'endroit où je m'asseyais. À ma place. Combien de temps je reste là ? Ce sont les jours les plus longs de l'année, la lumière n'est pas près de tomber, ce que je sors de ma poche ne blesserait personne, le meilleur que j'aie trouvé pour me défendre. Un livre. Une fois le poème retrouvé dans la bibliothèque de la veuve blonde, j'ai continué de lire Rimbaud, l'ai emmené partout avec moi. *N'eus-je pas une fois une jeunesse aimable, héroïque, fabuleuse, à écrire sur des feuilles d'or.* Je sais qu'ils sont là, ces mots, page 120. La quiétude de les avoir me ravit à ce qui est perdu.

Ce sont mes jambes qui grimpent l'escalier, un chien remontant une piste. Chaque marche appuie sur un enfant. Jusqu'à l'écraser, Benjaminquejetaime.

J'entends bouger dans la salle de bains, je sais que c'est lui, c'est son heure pour se faire propre, l'ordure.

Avant de monter j'ai trouvé le journal sur le tapis, encore aujourd'hui je me demande si en venant le chercher dans la boîte aux lettres il m'a vu, et fait exprès de laisser le quotidien ouvert sur la double page du portrait d'un condamné la veille à la perpétuité incompressible à l'issue de son procès dans les Ardennes, cet homme qui n'aurait pas dû naître. Alors Le Gargouilleur aussi avait un jumeau ? Cette fois je ne coupe pas droit ni proprement l'article qu'il aura voulu que je lise peut-être, il suffit d'un coup de ciseaux pour séparer le visage en deux, constater que les lames sont aiguisées. Ce ne sont pas des ciseaux ordinaires, je les ai achetés après mon festin d'oursins en sachant exactement ce que j'allais en faire.

Et si je reprenais ma place sans rien dire, me couchais sans faire de bruit, est-ce que j'arriverais à le consoler, l'enfant ? Le gant sur le lavabo n'a pas bougé, et c'est le même trou de serrure où je n'ai jamais collé mon œil, à quoi bon ? Il n'a pas changé la tapisserie, la choisir aura été ma dernière illusion. Je me déteste d'être soulagé de la retrouver, qu'aucun après moi ne l'ait remplacée. Le lit me paraît étroit, il fallait que mon violeur soit bien souple, bien affamé. Il me semble que d'un mouvement j'aurais pu le faire tomber, et ça me fait mal. Je caresse la fleur de lys la plus proche de la tête de lit, je retrouve aussitôt sa forme, son usure tatouée dans le mur. Ma paume la recouvre entièrement quand avant toute ma main n'y suffisait. J'évite de regarder l'oreiller, je lui en veux d'avoir été un pauvre réconfort, il est dans cette chambre, ce qui me détruit encore.

Je me poste à la fenêtre, on ne peut toujours pas l'ouvrir, un train vient de passer, il en restera bien un tout à l'heure pour faire trembler les murs une dernière fois et le Tut Tut en aura fini de résonner dans cette pièce. Je suis la progression des chaussons jusque derrière la porte, je ne perds pas un seul de ses mouvements. Il n'hésite pas, vient au rendez-vous que nous ne nous sommes pas donné. Je me souviens de tout, les rouages de la terreur n'ont pas besoin d'être huilés. Il sait que je suis là, il ne se défendra pas.

Il a toujours le même pyjama. Il est… satisfait… oui, satisfait de me voir, c'est ce qui domine en lui, je crois. Il ne me servira pas de suppliques toutes prêtes, il pavoise. Je suis revenu, je n'ai pas pu faire autrement, on ne lui échappe pas, tralalalala… « Bop A Lula ». Je le vois sans arme, ce qui lui reste de fusil sous le pyjama n'est pas une menace. Je vois tout le mal que je vais lui faire.

Je le supplicie et ça ne me rend pas heureux. Tu pues Le Gargouilleur, tupuestupuestupuestupuestupuestupues. Ses intestins sont vides, il a tout lâché et je ne me bouche pas le nez. Il me rejoignait dans le lit sans quitter ses chaussons, cette fois je les lui ôte mais sans les enlever. Je découpe au niveau des chevilles, je découpe bien droit, je m'applique, ça prend le temps que ça prend, il m'a appris à ne pas être pressé. Je trouve l'articulation, les lames pivotent, fouillent, je coupe à deux mains, y reviens, j'insiste et j'y arrive, la chair cède, Jusqu'à l'os, qu'est-ce qu'il a pu me le grincer à l'oreille.

Tout ce sang. Il n'y en aura jamais autant que son sang blanc. A-t-il pensé à la souffrance ? La mienne, la sienne, à présent la nôtre. Il y a quelques siècles, Le Gargouilleur n'aurait pas déparé auprès de certains Mayas pressés de satisfaire des dieux amateurs de chair fraîche. À l'occasion s'en prendre à un enfant était une fête, d'autres n'hésitaient pas à se sacrifier en s'entaillant le pénis avec un couteau d'obsidienne, variante très prisée.

Mon bourreau s'effondre comme une bûche qui a fini de brûler et je rabats le drap, l'enfourne dans sa bouche, l'obture. Une dernière fois, je caresse la fleur de lys, elle change de couleur, je laisse mon empreinte, fais couler une eau brûlante au lavabo, j'ai du sang jusqu'aux coudes. Il y a toujours cette buée sur le miroir, ça n'a pas changé. Aucun reflet. À moins de m'essuyer.

Je referme la porte de la chambre qui n'a jamais été la mienne. Je retourne dans la sienne, me plante devant son armoire, tous les mouchoirs saumon je les déplie, marche dessus, je pourrais essuyer sa merde avec. Je retrouve mes identités, je suis venu tenir une promesse.

J'ai soif, ce doit être les oursins. Dans la cuisine, je ne vois qu'un verre sur l'égouttoir, une seule assiette, en éprouve un soulagement. Je n'aurais pas fait de mal à la femme, je l'aurais forcée à s'en aller. Je me déplace sans bruit comme s'il y avait quelqu'un que je pourrais déranger. Peut-être l'enfant. C'est fini. Et pour le croire, qu'il me croie, je le dis à voix haute : « C'est fini. »

Ma petite chérie tire sur ses bras, elle avance par poussées un peu heurtées, elle veut nager comme une grande, se propulse de toute sa force enfantine. Jambes tendues, jambes serrées. Écartées, serrées, écartées : « Ne t'arrête pas. Encore ! Continue ! » Je l'encourageais. Elle s'appliquait, elle voulait bien faire et je l'aimais. Ses doigts si longs à sa naissance m'avaient d'abord inquiété, j'y avais vu les mains d'un squelette. Personne d'autre que moi ne lui a coupé les ongles, pas trop court pour recommencer souvent, avoir ses mains d'enfant sur ma cuisse. Régia les y plaçait d'elle-même, et je soulevais ses dix doigts l'un après l'autre en pensant à ce qu'elle ferait avec, n'aurait pas à faire. Mes ciseaux ne lui ont jamais fait mal.

Les jurés aimeraient bien que j'arrête avec cette histoire, je la leur sers et ils en éprouvent un malaise.

« Ma petite chérie vient chercher ma main sous l'eau, elle veut que l'on nage ensemble. Ce que je veux, moi, c'est empoigner sa fente, le renflement obscène, trop lisse, trop bombé. Pas bouger ! Il ne m'écoute pas, celui que je ne veux pas être. Je lui crie dessus et je me bouche les oreilles, je suis obligé de lâcher Régia et elle peut nous échapper. Il la suit, plonge sous elle, et mes poumons me brûlent. J'ai beau avoir la tête hors de l'eau, je suis avec eux là-dessous où on ne respire pas. » Alors que je leur raconte la fin de Régia, les jurés n'entendent pas tous les stratagèmes que j'échafaude dans ma tête pour qu'elle y échappe, j'en mangerais du sable, à me vomir pour qu'elle continue de nager. Hors d'atteinte. À m'écouter, qui voudrait l'être, mon jumeau ? Au tribunal, j'empêchais mes yeux de trop s'arrêter sur toi, Julien. Je les obligeais à s'intéresser au cérémonial d'un procès en assises, l'entrée du juge et ses assesseurs, celle de l'avocat général, des six jurés, le défilé des experts. La défense n'a pas eu tant à faire, l'avocat me l'avait assuré, les mois de prison préventive seraient toute ma condamnation.

Il leur a fallu trois ans pour mener l'enquête, instruire les agissements impunis d'un monstre sur des décennies. Ils ont établi une liste de disparus, reproduit nos déplacements sur mes indications, ces années que nous avons partagées. Au total, ils ont imputé une vingtaine d'enlèvements d'enfants au Gargouilleur et auront retrouvé deux de ses victimes. À la barre, leur témoignage a été un moment pénible. J'ai vu, Julien, tes yeux noyés. Les journaux ont adoré. Pour eux, je n'étais pas le méchant de l'histoire même si mon dernier coup de ciseaux a marqué les esprits. Coupable, je l'étais fatalement puisque j'avais commis un crime, mais pas forcément. J'avais réglé son compte à une abomination.

Dans le carré de béton derrière la maison, où la femme et moi avons écossé et équeuté, ils ont retrouvé sous une trappe des ossements. Un petit garçon, ils l'ont identifié barbouillé de l'ADN de notre violeur. Florian Taval, six ans. Mort, il a fait plus que moi, il a fait tomber la prescription de l'ignoble. Les deux retrouvés étaient eux aussi hors délai. Une prescription pour qui viole l'enfance ? Il en serait du crime comme d'un bon vin qui se bonifie avec le temps ? Et chaque pays de fixer sa limite, de juger quelle meilleure échéance et accorder l'iniquité.

À cinquante ans, j'ai l'âge d'avoir le temps et de ne plus l'avoir, de le savoir et de ne pas vouloir le croire. Il me paraît loin le soir il y a huit ans où, m'éloignant d'une maison maudite, je me suis livré. Lointaines, les années de procédure, la détention préventive, les six semaines de débats d'un procès au verdict à l'unanimité, et j'ai été relâché. Le réquisitoire de l'avocat général ne fera pas date, il manquait de conviction. J'ai été exonéré de mes crimes sans que j'en ressente une satisfaction. On a décortiqué mon compagnonnage avec Le Gargouilleur et jugé que j'étais sous emprise. Pas son complice. Personne n'a dit que son meurtre avec préméditation trente ans plus tard n'était que justice mais beaucoup l'ont pensé, et dans son réquisitoire l'avocat général s'est contenté de demander une condamnation n'excédant pas les années de prison déjà effectuées. À l'énoncé du verdict une onde de soulagement a parcouru la salle, un murmure approbateur est monté, tous avaient entendu de ma bouche et de celle de ses deux autres victimes appelées à la barre le rituel maniaque suivi par notre violeur, l'exercice de la terreur. Mais personne n'a soupçonné mon soulagement, odieux soulagement, à constater que j'ai été le seul à lui découper les journaux, j'étais son favori, quelle épouvante.

Quant à ce qu'une ribambelle d'experts a qualifié d'attirance fantasmatique pour les petites filles, on l'a diagnostiqué sans danger. Régia n'a selon eux jamais existé. J'aurais tout bonnement inventé ma petite chérie par extension de mon désir sexuel pour des gamines mais sans passage à l'acte. Cela reste un fantasme. Quoi que j'en aie dit et en dise, il ne fait pas de moi un être dénaturé. Le réel a ses frontières et je ne les ai pas franchies.

Le témoignage de Marie a achevé de lever les doutes. Elle a pris la parole en italien et ses progrès m'ont rendu fier de mon élève. Avec elle aussi j'ai refusé le parloir, pourtant elle a été un témoin à décharge épatant et m'a valu un capital de sympathie qui ne s'est plus démenti. Les journaux se sont repus de Marie, la encore jeune Mexicaine italianophile et francophile, fortunée, gracieuse, enjôleuse mais dorénavant sans excès. Tous l'ont crue.

On vivait nus dans la maison d'Oaxaca, sa mère la première, il n'y avait aucune équivoque entre la petite fille et le jeune adulte que nous étions alors elle et moi. Elle l'a affirmé, répété, c'est elle à dix ans qui insistait pour monter sur mes genoux, et quand elle en a eu treize, s'il y a eu geste déplacé, il est venu d'elle qui aurait bien aimé remplacer sa mère, voilà elle l'avait dit. Mon avocat jubilait, elle faisait tout le travail, même le juge lui a souri ! Les jurés, hommes et femmes, la dévoraient des yeux, Marie était adoptée, ils lui étaient reconnaissants de ne pas les obliger à me punir, tous exécraient le bourreau de Bari. Elle a fait du bien dans ce procès, Marie, et pas qu'à moi. Marie toute vibrante. Elle portait toujours ses mêmes couettes sur le haut du crâne et me coulait son regard en amande douce. Elle a certifié la mort accidentelle de sa mère, documents à l'appui, avec photos de la pierre qui se serait subitement descellée. La veuve blonde aurait chuté sans que je puisse la retenir. La faute aux ruines qui ne tiennent pas debout mais cela n'arriverait plus. Après l'accident, Monte Alban avait fermé plusieurs semaines pour sécuriser son site. Selon la police mexicaine, le dossier était clos depuis vingt ans et c'était très bien ainsi. Nul n'aurait eu idée de me poursuivre, et personne, Marie en tête, n'a un instant pensé que la veuve blonde avait eu besoin de moi pour mourir. Là encore, une brochette d'experts ont diagnostiqué un syndrome de culpabilité du survivant tout à fait naturel après les enlèvements d'enfants dans lesquels Le Gargouilleur m'avait impliqué. À l'évidence, ils me rongeaient le cerveau, on n'allait pas me le faire payer.

Marie est repartie seule au Mexique. J'aimerais qu'elle ait cessé de m'attendre. Qu'à l'instar de nos bébés tortues qui auront survécu et résisté à tous les prédateurs, elle s'en sorte. Et continue sans nous.

On a tenté de me convaincre que ma petite chérie et ses parents étaient des troubles hallucinatoires. J'avais certes une attitude prêtant à confusion, une sexualité déviante mais, m'affirmait-on, elle n'était que divagation. Il n'y aurait eu ni Indienne à la tresse lourde, ni Indien bricoleur et pêcheur, Jaci et Naïa n'auraient pas mis le bout d'un orteil Au Bout Du Bout et leur fille n'y serait pas venue au monde. Les psychiatres m'expliquent que c'est justement parce qu'elle est une chimère que je peux la tuer. Me repasser mon crime avec force ornements. Et j'ai beau montrer à une armada de psy mes dents usées attestant ma lutte à retenir mon terrible désir, on me rétorque que je confonds tout. Si mes dents sont émoussées, c'est de les avoir serrées cinq ans chez Le Gargouilleur en écoutant passer les trains. Je ne fais peur à personne puisque je ne suis pas celui que je prétends être, ce n'est pas moi le monstre.

Mais si Régia n'a pas existé, si elle ne m'a pas aimé jusqu'à en mourir, qu'en est-il de ma joie d'elle ? Tout ce que j'ai révélé de nous dans ce tribunal, c'était pour qu'elle continue, l'absente, de vivre plus longtemps que sa vie d'enfantôme.

Dans ces semaines d'un procès où tout autant que le déroulement des faits on soupèse les circonstances favorables et défavorables à l'accusé pour juger des péripéties d'une vie, de ses contradictions, une personnalité s'esquisse et on dessine le portrait d'un dont on revisite l'existence à l'aune de ses zones d'ombre. À la fin on aura examiné, expertisé un être, on aura fouillé ses secrets, fait sauter les verrous, au risque de lui voler ses certitudes. Et peut-être, mais rien n'est moins sûr, on en aura percé le mystère.

J'écoutais, espérant savoir si finalement ce patchwork rendrait justice à celui que j'étais qui ne savait par quel bout se prendre sans se blesser. Me livrer à la justice aura été pour moi le moyen d'enquêter sur celui que peut-être je ne suis pas.

Avant de te revoir, Julien, dans cette cour d'assises bondée, j'étais incapable de me pencher sur moi sans un reproche. Les Julienquejetaime et Benjaminquejetaime de maman, réduits au silence. Dès le lendemain de mon arrestation tu as cherché à me rencontrer et je n'ai pas réussi à en être heureux. Ils t'ont vite retrouvé rue Milady, ils m'ont alors appris que je ne reverrais pas maman, et je n'ai pas réussi à en être malheureux.

En sortant de chez Le Gargouilleur, j'avais senti que vous me preniez par la main chacun d'un côté, un enfant que l'on aide à traverser. Pour une fois maman n'était pas au milieu, vous étiez séparés. Je me serais fait écraser si vous n'aviez pas été là. J'ai erré le long de la voie ferrée et on était tous les trois encore. Quand mes jambes n'en ont plus pu de marcher, et mes mains de vous tenir, je me suis dénoncé. On affirme que l'on est un assassin, on vous écoute, on vous prend au sérieux, on vous arrête, mais qu'arrête-t-on au juste ?

Débrouiller mon crime a pris du temps, on m'a jaugé, on m'a cru et pas du tout, on m'a isolé, on m'a plaint, on m'a épluché, on m'a analysé, on m'a jugé sain d'esprit, traumatisé évidemment, névrosé certes, mais avec des circonstances atténuantes. On m'a diagnostiqué un comportement sexuel apeuré dès lors qu'il s'agissait de toucher un enfant, je ne transgresserais pas l'interdit, j'étais sans risque pour la société, et ils en ont eu l'air satisfaits.

J'ai vécu intensément à ma place d'accusé. Moi qui n'ai pas eu tant d'amis, je me suis fait de bons camarades des jurés, j'aime à le croire. Une fois revenu dans ma cellule, j'avais tout le temps de penser à eux. Dès le début on s'est regardés dans les yeux, sans gêne. J'ai pensé que s'ils devaient me condamner lourdement ils auraient détourné le regard, et ça a été plus facile de me tenir droit. Trois d'entre eux avaient constamment le buste penché vers l'avant comme s'ils voulaient se rapprocher de moi. J'avais mes deux préférés, une femme, les yeux d'un Pierrot en forme de demi-lune, ils allaient avec un sourire que je serais le seul à voir. Le second était un homme, l'énergie qu'il dégageait était communicative, il portait ses manches de chemise retroussées, avait des avant-bras comme les cuisses d'un enfant. Celui-là me faisait penser au vent qui vous pousse dans le dos, et sans accélérer on va plus vite.

À la suite de la plaidoirie heureusement sans pathos de l'avocat – je n'avais pu me résoudre à lui accoler un possessif –, on m'a demandé si j'avais quelque chose à ajouter. « Oui. Régia. »

Je n'avais qu'un désir, prononcer à voix haute le prénom de ma petite chérie, qu'elle soit là, elle aussi, dans cette salle. Les psychiatres avaient enfoncé le clou, ils étaient formels. Soit Régia était purement imaginaire et ils privilégiaient cette option, soit sa disparition était le fait d'un cyclone meurtrier ayant ravagé la côte est du Yucatán la veille de mon départ du Mexique. Les vents à la saison des cyclones peuvent y être redoutables, ils menacent les habitations, saccagent les côtes, et celui-là avait soufflé à 250 kilomètres/heure, accompagnant mes pas le long de la côte du Yucatán en véritable Attila de la destinée. Le cyclone a tué, c'est un fait. Les autorités ont déploré une vingtaine de disparitions sur la péninsule. Au cœur de la désolation, mon vol a été le premier autorisé à décoller de Cancún. Évalué comme zone à risque, la réserve de Sian Ka'an et ses alentours ont été évacués, nombre des maisons en bois et en tôle dans le coin soufflées. L'avocat a projeté des photos prises après le passage du cyclone. Le volume d'eau à la suite des précipitations, la mer soulevée, ont modifié en quelques heures mon paysage. Au Bout Du Bout appartient à des lointains effacés, rayés des prochaines cartes. Si vraiment j'y tenais, à l'existence de Régia, je devais me faire une raison, elle avait été engloutie sans mon aide au cours de ces heures infernales.

Certains soirs dans ma cellule, j'en arrivais à me demander si j'étais bien réel, je tendais l'oreille aux bruits de la prison, leurs menaces, leurs embarras, ils ont des habitudes, ces bruits, ils disent d'immenses détresses et de minuscules victoires arrachées. Que comprend-on quand le jour ressemble à la nuit, et que ça dure ? Le parcours criminel que l'on a jugé à mon procès est d'abord celui du Gargouilleur. Aussi prémédité et furieux qu'ait été son assassinat, on m'en exonère. En supprimant un être dénaturé, j'ai démoli la bête féroce. Les circonstances atténuantes ont joué à plein, j'ai fait le sale boulot en débarrassant l'humanité de ce qu'elle engendre de barbarie. J'en suis sorti libre. Vraiment ? Je ne sais pas si je suis bon ou mauvais, je sais que Régia est le meilleur de moi, et le pire. On m'assure que je me punis des cinq années avec Le Gargouilleur en m'accusant d'actes inavouables. On continue d'en débattre dans les journaux. Près d'une décennie après, je demeure un bon spécimen, on oublie jamais de me sortir du tiroir pour la journée internationale des droits de l'enfant. On a écrit des thèses, publié quantité d'articles sur moi mais aucun ne révèle ce que je m'apprête à t'avouer, Julien. J'avais une bonne raison de rester.

France

La Palmyre

France

La Palmyre

Le soir même du jugement, je me suis envolé pour la France. L'avocat t'en a informé. J'ai évité Paris. Je ne retrouverai pas de petite danseuse derrière une fenêtre et ne recroiserai pas rue Milady d'actrice blonde au petit chien. Je suis venu directement à La Palmyre chez pépé et mémé morts à six mois d'intervalle après avoir dû vivre encore trois ans sans maman. La maison depuis était fermée, tu n'as pas voulu y retourner. Je m'y suis installé sans proposer que nous nous y retrouvions, j'avais trop à dire que je voulais taire.

J'ai vécu là de solitude choisie, je n'ai pas eu besoin de l'apprivoiser, nous sommes de vieux compères. Je m'offre de longues balades dans les dunes de La Palmyre, je dois avant traverser des champs de pavot cultivés pour l'industrie pharmaceutique, le coin est devenu l'un des premiers producteurs de morphine, les fleurs rouges aux pétales froissés ne sont pas les Gentils coquelicots madame de la chanson. Je marche jusqu'à la pointe de la Coubre et ses surfeurs, il était dit qu'ils seraient de nouveau mon paysage. Au retour de ma promenade quotidienne, je fais une longue halte sous le grand pin, dos appuyé contre son tronc. Je m'y tiens chaque jour sans exception. Au besoin dans un ciré. Économiser mes gestes, me satisfaire de leur routine comme d'une preuve de mon existence me convient. Faire en sorte que ma bulle n'éclate pas m'occupe suffisamment. Je me forge de vieilles habitudes, elles ont de commun une modération en toutes choses, elles me reposent, me rassurent, et surtout elles me soulagent d'un tumulte, m'équilibrent, tel le lest qu'ajoute à sa ceinture de plomb le plongeur pour rester au fond, et remonter quand il veut. Je mets une énergie certaine à veiller à ce que la répétition des jours, exactement les mêmes, finisse par les annuler. Dans ce ralentissement programmé la vie passe plus vite, elle passe mieux. Elle s'écoule et je ne me suis pas écroulé. Je n'ai pas laissé ma bonde intérieure se boucher et me déborder. Hier se désagrège dans l'uniformité des années. Depuis l'été de nos huit ans, Julien, je n'ai rien fait d'autre que m'efforcer d'atteindre aujourd'hui.

Après t'avoir appelé à l'aube et mon « Je t'attends », j'ai mesuré à quel point je me suis passé des Hommes. Je me serai davantage adressé aux insectes ! Surtout quand je fais le ménage. Les araignées, je les contourne d'un « Allez… pousse-toi, sois contente de ne pas finir dans la poche de l'aspirateur ». Elles mangent les moustiques, m'épargnent d'autres piqûres, surtout elles tissent leurs toiles… que je détruis d'un geste. Je fais attention de ne pas leur arracher une patte quand je les balance par la fenêtre, je les jette mais ne m'en débarrasse pas. Les cousins, c'est plus compliqué, ils m'obligent à les mutiler pour les mettre dehors « Pardon, pardon » mais au moins ils sont à l'air libre. Les fourmis sont des coquines, je les rudoie avec malice quand je cherche à les sauver et qu'elles tentent de m'échapper. « Vous voyez la serpillière ? Poussez-vous de là. » Les escargots égarés sur la vitre après la pluie, je les décolle, qu'ils aillent baver ailleurs. J'aime les sentir se détacher, leur effet ventouse. Il n'y a que les cafards pour lesquels je n'ai pas un mot, ceux-là me répugnent.

Pour combattre l'ennui je ruse, je modifie mes souvenirs. Se rappeler ce que l'on n'a pas connu occupe. On doit d'autant agencer l'enchaînement des événements, leur donner une cohérence, que ça tienne debout. Un peu comme lorsque l'on raconte à un enfant un conte dont on repousse la fin sans savoir quoi inventer encore pour qu'il ne s'arrête pas, et retomber sur ses pieds.

J'ai fait grandir Régia, j'ai réussi à la laisser devenir une femme. Elle aurait vingt ans, elle a atteint l'âge pour que je n'aie plus le désir de la forcer. Elle est entière, c'est une audacieuse. Bien sûr elle a fait l'amour et avec grâce, une offrande et elle se reprend. Elle a connu la contrée mousseuse du plaisir où l'on est en soi loin de soi.

Et si les élucubrations discutées au tribunal n'étaient pas les miennes mais celles de la défense ? Si je te disais, Julien, que j'ai laissé les experts filer leur pelote pour retrouver Régia sauve. Elle n'aurait plus à subir aucune violence. Si je t'assurais qu'elle a couru le monde, qu'elle m'envoie des cartes postales avec des cœurs dessinés qui recouvrent les blancs ? J'ai une boîte en nacre rien que pour sa correspondance pleine de Corne de l'Afrique, de Sahara, c'est son coin, le désert, elle en a pris un air de femme des ergs, altière, que rien ne fait ciller. Ma petite chérie a des cils de velours avec derrière un vert cramé de lumière. Elle a gardé les longs doigts de sa naissance, et des attaches de petite fille qu'elle n'est plus. Elle n'a pas de hanches, pas de gras, et des seins indicernables. Ils sont restés enfants. Elle porte ses cheveux très courts, pas de longue tresse finalement. Elle fanfaronne, assène tout et son contraire avec aplomb, même maman en aurait été coite, et elle aurait adoré l'être ! Régia, mon beau rebondissement. Je pourrais te donner des preuves, ça se fabrique les preuves. Des vues du Sahara il y en a des milliers, plus qu'elle ne pourrait m'en envoyer. Et n'importe qui sait tracer un cœur. Mais ce n'est pas donné à tout le monde de dessiner à trois ans des langoustes sur une plage…

Toi qui collectionnes les grains de sable, tu en as obligatoirement du Sahara. Pendant l'instruction on t'a demandé comment tu avais fini de grandir sans ton jumeau, tu as répondu m'avoir cherché en séparant un à un les grains du sable de toutes les plages où tu es allé. Si tu as fait une chose pareille, mon frère, pourquoi ne ferais-je pas exister Régia dans un désert ?

Certains matins je file à l'océan avant le jour retrouver dans ses creux une lumière sortie de la nuit. Elle ressemble aux fines particules prises dans les rets du soleil qui ont conduit une petite fille sous un pin où je la rejoins à la fin de mes promenades.

Le plus difficile au procès n'a pas été d'écouter la liste des sévices perpétrés par Le Gargouilleur, ça n'a pas été de les commenter, le moment le plus douloureux, Julien, a été celui où tu as témoigné de l'amour de maman pour – et comme elle, tu l'as dit à voix haute – Benjaminquejetaime. Je n'ai pas bronché, je ne sais pas comment j'ai fait, j'en ai appelé à mon endurance, mais les petites comètes se sont remises à danser devant mes yeux, à se cogner aux fenêtres du palais de justice ; une fois encore elles ne m'ont emmené nulle part. Tu n'as pas voulu m'accabler, tu as tu mon refus du parloir et de te revoir, tu n'as rien exprimé de ton incompréhension à me découvrir vivant sans que je sois revenu vers maman et toi, et peut-être elle ne serait pas morte. Tu ne m'as rien reproché à voix haute, mais plus tu parlais, plus j'ai vu l'amour devenir noir. L'avocat de la défense t'avait convaincu de nous faire écouter un enregistrement, il était certain, avec, d'apitoyer le jury. Elle a fait ça, maman, enregistrer son rire : « Pour ton frère quand il reviendra, qu'il puisse l'entendre. Ça l'aidera. Dis-moi que ça l'aidera. » Pas sûr. On a tous écouté le rire de maman et tu nous as raconté la scène de son enregistrement dans la maison de La Palmyre avec le magnéto cadeau de nos huit ans, un engin préhistorique. Pépé et mémé partis en courses, vous étiez dans la cuisine, sa pièce préférée, inondée de soleil à toute heure, elle a respiré un grand coup, et toi aussi quand tu nous l'as dit.

Personne ne l'a vu mais l'enfant toujours prêt à glisser au fond de la baignoire sabot a retenu sa respiration.

Maman t'a regardé avec une tendresse infinie, « Pour deux », as-tu murmuré. Elle a ri et ça ne collait pas. Elle a recommencé en fermant les yeux, et loin, loin au fond d'elle, maman l'a retrouvé, notre rire, et le sien à écouter celui de Julienquejetaime et Benjaminquejetaime. Tu as continué : « On y était arrivés, j'étais grand maintenant. On allait fêter mes vingt ans, elle avait tenu ce qu'elle s'était promis. M'emmener là. » On a réécouté son rire sans sanglots. Tu as poursuivi : « C'était si important pour elle que mon frère retrouve son rire. Elle craignait qu'il n'ait pu s'en souvenir et qu'il lui manque. Ce ne serait pas juste, elle me le disait. Elle a toujours voulu la même chose pour ses jumeaux, et ça, elle pouvait le lui donner. » Elle t'a fait promettre de ne jamais te séparer de l'enregistrement. Et de ne pas l'écouter, elle avait peur que tu l'uses ! Qu'est-ce que ça lui ressemble. Le soir tu as soufflé tes bougies plutôt deux fois qu'une. Le disant tu as fait face à mes yeux baissés : « Elle voulait que je les souffle pour mon frère. » Et tu as eu vingt ans à ma place. Un bref calcul mental me l'a indiqué, au même moment mon souffle je le perdais entre les cuisses de la veuve blonde en pensant à maman.

Elle a laissé passer la nuit de nos vingt ans, elle n'a pas voulu que ce soit toi qui la trouves mais elle n'a pas épargné ses parents. Elle est décidément solide, la branche du pin du papapendu. J'ai regretté le short jaune, oh oui je l'ai regretté, mais le regret de ne pas être revenu vers vous domine. Tu vas comprendre. Je n'aurais pas su quoi lui dire à maman.

Jusqu'à la fin du procès, j'ai espéré reconnaître, même planquée au fond de la salle du tribunal, celle dont l'enfant de Bari avait compris qu'elle n'était pas la femme du Gargouilleur mais un pion dans la partie qui se jouait. Elle était dans mon camp, ma gardienne et sa prisonnière. Sa présence dans la maison ne l'accusait pas, au contraire, elle m'a soutenu pendant ces cinq années, elle a été la possibilité d'une pitié dans tout ça. J'ai parlé de ses gestes suspendus une fois la porte de la chambre laissée entrouverte chaque soir, la sorte de consolation qui en résultait et montait à l'étage jusqu'à moi, et je n'aurais pas qu'un oreiller comme semblant de protection.

Quand j'évoquais la femme, on me rétorquait, psy en tête : « Vous êtes certain de ne pas lui avoir collé une femme pour ne pas être tout seul avec lui ? » On me demandait de la décrire, de manière à la retrouver et on verrait bien. On n'a rien vu. J'étais incapable de bien dépeindre ses traits, nous avions mangé à la même table des centaines de fois mais elle était floue. Je la voyais grande, elle ne devait plus être jeune, je me suis trompé sur toute la ligne. Elle n'était pas si grande, c'est moi qui étais petit. Et elle était jeune encore, mais j'étais un enfant, elle m'a paru être une adulte. Involontairement je les ai mal aiguillés et ils ont mal enquêté, cherchant une de l'âge du Gargouilleur quand celle à trouver avait six ans de plus que moi. Comment je le sais ? Elle était là hier. C'est elle qui a déclenché mon appel, Julien.

En prison, je me suis mis à penser à cette femme. Je la voyais comme la pellicule brunâtre laissée par le café au fond d'une tasse, un dépôt que l'on ne veut pas boire mais que l'on s'attend à découvrir. Des dates clés, on en trouve toujours, elles sont des marqueurs faciles, on leur fait dire ce que l'on veut. Tu as remarqué cette chaîne de huit ? Nos huit ans place Saint-Marc, ceux de Régia, les huit années après le procès qu'il a fallu à la femme pour venir jusqu'ici.

Bien sûr je l'ai reconnue, bien sûr je l'ai fait entrer, et on était là dans une cuisine une fois encore, on en a souri. Et du bruit du glaçon dans nos verres remplis d'un vin italien apporté par elle, pas un Lacryma Christi. J'ai reconnu son sourire beurre-frais, ses dents jaunes ne m'ont plus tant dérangé, j'aurais été méchant à Bari de lui dire de mieux se les laver. L'emmener sous le pin de maman s'est imposé. Nous avons marché d'un même pas vers lui, vers un poing dressé et il défie le malheur, mais celui qui vous enlève un enfant est irréparable, il a vaincu maman. J'ai raconté à la femme l'histoire du papapendu, elle a eu ces mots : « Alors c'est lui, l'arbre au chagrin. » Et c'est moi qui l'ai écoutée, chacun appuyé de part et d'autre du tronc. Elle a parlé droit devant elle. Elle n'avait pas quitté Bari, avait suivi les débats au tribunal en se dissimulant, elle n'était pas prête à témoigner. Elle n'avait pas dénoncé Le Gargouilleur, n'y était pas arrivée. Je ne lui ai pas demandé ce qu'il avait trouvé pour la garder, elle. Je la vouvoyais, elle m'a d'emblée tutoyé comme si j'étais encore cet enfant. « Tu m'as montré l'exemple en partant, tu m'as libérée de ce monstre. J'ai vu qu'il ne te retrouvait pas, qu'il n'était pas si fort, j'ai pu le quitter. J'ai réussi grâce à toi à fuir, à y croire, qu'on pouvait lui échapper. »

S'il avait remis la main sur moi, Le Gargouilleur n'aurait pu s'empêcher de s'en vanter, elle le savait, et il n'avait rien dit. « Il n'a plus jamais parlé de toi. » J'ai détesté en éprouver un pincement.

« Quand j'ai compris que je pouvais la franchir, cette satanée porte d'entrée, je l'ai fait. Je ne suis pas partie loin, je me suis débrouillée. Mais après il a fallu… tout ce temps. Pour… je ne sais pas. Tu comprends ? » J'ai opiné de la tête, oh oui je comprenais. « Pour qu'il me laisse vraiment, ne reste pas… là. » Ce qu'elle pointait était vague, c'était elle. « À ton procès, j'avais beau le savoir mort, il rôdait encore. Je n'avais pas fini d'être sa chose, sa… tu vois ? Ce qu'il a fait… et qui était resté en moi. »

Et voilà, Julien, qu'aujourd'hui elle est amoureuse. Elle voulait que je le sache. Que ce n'était pas fini… la vie. « Tu lui as dit, à ton frère. » Ce n'était pas une question. Volontairement. Je dois, oui, tout te dire, je nous le dois. À maman, à Julienquejetaime et Benjaminquejetaime.

Je me suis jeté contre elle, la femme, aucune digue à présent n'aurait pu contenir la peine, elle était la plus forte, elle crevait en moi. Mes pleurs, collé à son ventre, m'ont purgé d'un autre que je ne veux plus être. Ce que l'enfant de Bari n'a pas osé, je l'ai fait sous le pin de maman, me coller à son ventre de femme. Elle a eu ce geste qu'ont toutes celles qui aiment bien, elle a caressé mes cheveux et elle a calmé tout ce qui n'a pas été. Sa venue a nettoyé une salissure tenace, qui interdisait que je te retrouve.

Le fiancé l'attendait dans la voiture, et me l'annonçant c'est vrai qu'elle a eu l'air d'être heureuse. En la regardant s'éloigner, j'ai constaté qu'elle ne se déplaçait plus comme une bête de somme, elle portait un corsage léger, moucheté de couleurs, je ne le lui aurais pas imaginé.

Ce que je n'ai jamais avoué, pu révéler, la femme l'aura entendu de sa cuisine alors que Le Gargouilleur d'un mot a gangréné mon âme. Toi seul, Julien, pourras me dire si j'ai eu tort ou non de me taire.

Un enfant se connaît sur le bout de ses doigts qui ne cessent de l'explorer. Et ce qu'il en découvre en augmente le mystère. De ce que l'on apprend et que l'on cache, on attend qu'il fasse noir pour chercher et retrouver l'irrésistible trouble. L'apprentissage du plaisir, quelle conquête, quel butin ! On est seul avec, il est un autre je, on est ailleurs en soi, elle nous appartient, la métamorphose. On ne sait rien, on sait tout, on est un enfant. On tâtonne, on va trop vite, on n'ose pas complètement, on gâche la chose, on s'entête, on le trouve son plaisir, on le prend, on le perd. On en a des suées, une odeur musquée, elle nous dénonce et tant pis. Un petit qui n'a pas rencontré un Gargouilleur, il n'a que son corps et c'est bien assez. Il arpente le chemin du jouir, revient sur ses pas puis en fait un de géant, être sûr qu'il existe vraiment. Parfois l'enfant n'aura pas besoin d'un miroir de poche et de s'asseoir dessus pour contempler l'endroit secret, en apprendre le pouvoir. Parfois l'enfant naît jumeau et il traverse le miroir, il peut aller derrière.

C'est un petit garçon en tout point pareil. Lui aussi a huit ans, nous faisons exactement la même taille, nous pesons le même poids au gramme près, le pédiatre s'en étonne chaque fois, il serait déçu si cela changeait. Ce soir de Noël 76, Le Gargouilleur me l'apprend, il n'en fera qu'une bouchée, de mon autre semblable. Il te tient toi aussi. Il l'affirme et je le crois. Il n'a pas eu besoin de mon aide pour t'enlever, te séquestrer, mais il a eu besoin de mon jumeau pour me garder.

Dès avant de vivre nous avons été un péril l'un pour l'autre. Assis sur le canapé de part et d'autre de maman, chacun une épaule, on la lui réclamait : « La nuit de notre naissance. Dis-nous encore. »

Tout a commencé avec une erreur de l'anesthésiste, un débutant, une péridurale mal dosée, il aura pensé qu'à des jumeaux il fallait appliquer une double dose et a shooté maman, incapable de pousser. J'étais le plus bas dans son ventre, les forceps ont suffi à me sortir, avec la tête comme un melon jaune mais bon… J'étais où je devais être même si on ne m'a pas posé sur son sein.

« Ça a été ainsi dès le début, pas l'un sans l'autre. Maman je l'étais uniquement pour vous deux ensemble. En perdre un, c'était tout perdre. » Et ça n'avait alors rien d'inquiétant puisqu'on était là.

J'étais dehors mais pas toi. Tu t'entêtais à rester accroché le plus haut possible, rien à faire tu ne descendrais pas. On m'a posé dans une couveuse alors que j'étais en pleine forme, il fallait s'occuper de l'autre bébé, il était en difficulté, réclamait toute l'attention. On a fini par t'extirper d'elle, où tu as réussi à rester une heure de plus, comme s'il fallait déjà que tu l'aies davantage pour toi. On était censé être de vrais jumeaux mais pour nous ça ne commençait pas de façon identique. Même sorti, tu as continué de monopoliser l'attention, on s'affairait autour de toi, on me délaissait. Tu t'obstinais à rester en insuffisance respiratoire, elle devenait préoccupante, la sage-femme et l'infirmière ont paniqué. À l'anesthésiste débutant qui avait bien foiré, maman a réclamé de pouvoir nous prendre sur elle. On ne lui a pas répondu. Elle n'avait pas encore touché ses bébés, elle a insisté, et le nul de lui répondre : « On en a un à sauver, madame, alors s'il vous plaît restez tranquille. » Elle leur a hurlé de t'emmener tout de suite auprès de moi : « Ils ne connaissent que ça, être ensemble. » Personne n'y avait pensé. Ils se sont précipités vers la couveuse et dès l'instant où ils t'ont posé contre moi tu as respiré. On peut dire que tu me dois la vie. Et dans notre naissance chaotique, dans notre nuit de somnambulisme Tut Tut, j'ai vu un présage, pour ne pas t'écraser. Il me fallait te sauver. Et je me suis condamné.

Après m'être livré, tu as été le premier que les flics aient appelé. Tu t'es précipité, tu n'as pas compris mon refus de te voir, te parler. Tes lettres, je les ai déchirées sans les ouvrir. Je savais maman morte, elle aura été ligotée au malheur chaque seconde après mon enlèvement, elle aussi a voulu s'échapper. Souvent, sous le pin, je ne peux m'empêcher de lever les yeux, fouiller ses branches, certain de voir Ixtab la déesse du suicide. Les Mayas la représentaient suspendue au ciel une corde nouée autour du cou, les joues noircies, putréfiées déjà. En se pendant ils croyaient accéder au monde céleste, ce n'était pas une défaite mais une tentative, un tout pour le tout. Au fil des interrogatoires, je devinais ta vie morose. Tout élan, cet arbre te l'a enlevé. Ça, maman n'aura pas voulu y penser, n'a pas pu.

Pendant le procès, Julien, j'ai senti ton regard m'enserrer, s'efforcer de me cerner. Pourquoi je refusais de te voir ? Pourquoi je m'accusais des meurtres de la veuve blonde et Régia ? De quoi voulais-je être puni ? Des enfants enlevés mais justement par quel moyen Le Gargouilleur m'avait-il obligé à rester ? Qu'est-ce que je cachais ? De juge je n'en ai eu qu'un seul. Et je t'ai opposé un silence coûte que coûte. Je t'ai obligé à admettre que tu n'avais plus de frère, plus de jumeau. Il appartenait aux pièces d'un dossier, rien de plus. Et je n'aurais pas à instruire sa faute. C'était à ce prix.

Mais la femme hier me l'a prouvé, il n'est pas trop tard. Écoute, et tu me diras quel coupable cela fait de moi.

Tu ignores tout de ma stupeur en découvrant que tu étais vivant. Pendant trente ans je t'ai cru mort, Julien. Une fois Le Gargouilleur vidé de son sang, j'ai pensé que rien désormais ne pourrait me toucher. J'avais tort. L'instant en prison où l'on m'a annoncé que mon frère était là a été une sidération.

Peut-être tu t'en souviendras, juste avant que maman nous propose son *cioccolata con panna*, nous avons passé un long moment à courir sous les arcades en nous interpellant. Le Gargouilleur était là, dans l'ombre d'une colonne, écoutant nos Julien, nos Benjamin, fasciné par notre ressemblance, ce qu'elle offrait, voyant tout ce qu'il pourrait en faire. Il a eu une idée de génie, enlever un de nous deux, il ne savait encore lequel, le sort trancherait. À celui-là il ferait croire qu'il détenait l'autre. Il a parié sur l'amour que l'on se portait, qu'il utiliserait, et cet amour obligerait sa victime à faire ce qu'il voudrait. Il connaissait nos prénoms que nous n'avions pas arrêté de nous jeter à la tête, au séquestré il a dit qu'il tenait aussi son frère.

J'avais huit ans, je l'ai cru. Il a prononcé ton prénom, m'a parlé en détail de mon vrai jumeau, ça a marché, il a pu… mais tu sais. Et il a refermé la porte sans qu'aucun gant puisse nettoyer ce qu'il laissait derrière lui.

Le lendemain, les mois qui ont suivi, les cinq années, il est entré dans la chambre et il me trouvait prêt. Un petit garçon obéissant qui croyait sauver son frère. Pour tenir, je t'imaginais sous lui mais grâce à moi cela n'arriverait pas. Peut-être l'ai-je cru pour ne pas en mourir d'être là. Il était formel, que je tente de lui échapper et il ne s'agirait pas uniquement de te violer, il te tuerait. Ce serait long et douloureux. En m'enfuyant je te condamnais. Il n'a pas eu besoin de faire de moi son prisonnier puisque toi tu l'étais. J'étais trop petit pour savoir que les adultes mentent beaucoup mieux que les enfants. À huit ans, ce qu'un grand te dit, tu le crois. Je n'ai pas davantage douté qu'il te laisserait tranquille si je remplissais ma part du contrat, j'étais forcé de le croire. Souvent il me le rappelait : « On a un accord, toi et moi. » Et sa main ébouriffait mes cheveux.

Quand on m'a dit que tu étais vivant, ça n'a pas été une bonne nouvelle. En fuyant Le Gargouilleur, j'étais sûr de t'avoir condamné. Tout comme j'étais sûr d'avoir bien fait de le laisser écarter mes fesses, de l'aider à en trouver d'autres qui ne seraient pas les tiennes. Cette abomination, je l'ai faite pour toi. Quand j'ai appris qu'il ne t'avait pas enlevé, pas massacré, tout s'est écroulé qui était déjà écrabouillé. Te découvrir indemne, comprendre à quel point Le Gargouilleur m'avait trompé, je n'ai pu le dépasser. Avant et au cours du procès on m'a pressé de parler, sommé d'expliquer quelle relation j'avais au juste avec lui, quelle emprise il exerçait. Il aurait fallu avouer ma fuite sachant à quel monstre je t'avais abandonné ? Non !

Tu comprends maintenant ? Comment revenir vers maman en t'ayant condamné ? En être persuadé. Comment ne pas la fuir elle aussi ? Par ma faute un fils manquerait, et tu sais ce qu'elle nous murmurait sur le canapé du salon : « En perdre un, c'était tout perdre. » Je n'allais pas rentrer à la maison ! Je savais bien que sans nous deux elle ne serait rien mais au moins ce ne serait pas ma faute. Elle ignorerait quel être mauvais, quel frère, quel fils j'étais. De réaliser que j'aurais pu vous rejoindre, qu'on aurait pu tous les trois ensemble vaincre l'horreur, recommencer le bonheur… on avait treize ans, elle trente et un ! Je n'ai pas réussi à le dépasser. Découvrir que Le Gargouilleur m'avait encore plus possédé. Comprendre que si j'étais revenu, maman n'aurait pas eu à enregistrer son rire avant de se tuer. Je n'ai pu l'affronter. Et je me suis tu.

Des heures que je parle à un vide en t'attendant, Julien. Ces mots, j'avais besoin de les dire à voix haute avant que tu sois là, être sûr qu'ils sortiraient. Ne rien cacher. Une sorte d'échauffement. Tu en mets, du temps. J'arrive au bout de ce que j'avais à te dire, ne tarde pas.

Tu ne trouveras pas la maison de pépé et mémé changée, je ne parle pas de celle de notre enfance toute riante mais de celle où je suis revenu m'installer il y a huit ans. Une carcasse vide et qui siffle et grince au premier coup de vent, il n'y a pas que les portes qui soient sorties de leurs gonds. La maison est telle que tu l'as laissée devenir après maman, après mémé, après pépé. J'ai vécu ici à peu près complètement seul avec eux, nos chers fantômes, qui continuent de vivre plus longtemps que leur vie. Je ne les ai pas autorisés à m'encombrer. À trop s'attacher à ce qui aurait pu être on ne vieillit pas bien.

Depuis mon appel, mon Je t'attends, je n'ai cessé de te parler, j'ai eu beau raccrocher, j'ai continué, ai voulu tout te dire sans attendre, être sûr de ne pas flancher. Je suis prêt maintenant.

Le soir tombe, tu ne dois plus être loin. J'ai préparé ta chambre, l'ai aérée, j'ai fait le clafoutis de mémé, tu me diras s'il est bon. De me sentir capable de ne plus rien te cacher, j'ai hâte, si tu savais, de te serrer dans mes bras. Et que, ce que je te confie depuis des heures, tu l'entendes pour de vrai. Que c'est fini tout ça. Être séparé. Je sais que l'on t'a volé ta vie à toi aussi. À cause de moi. Du jour au lendemain maman n'a plus vu en toi que ton frère absent. Sans parvenir à faire autrement. Tous, dès l'instant de ma disparition, t'ont aimé par défaut, tu t'en seras persuadé. Ils t'ont mal aimé. Le Gargouilleur t'a toi aussi pris au piège du malheur. Il a effacé ton enfance en te laissant à une maman qui n'est plus arrivée à l'être. Et tu es devenu cet homme empêché.

Je vais t'attendre sous le pin, s'il le faut j'y passerai la nuit. Ses racines vont chercher loin dans la terre leur sève et il n'est pas mort notre arbre, il résiste et continue de grandir. Cet hiver le gel l'a fendu, j'ai craint de le perdre. Dans l'entaille, j'ai trouvé une colonie de fourmis, elles hibernaient, tranquillement, j'ai d'abord cru qu'elles étaient mortes mais non, elles prenaient des forces, sans craindre le froid. La branche fendue, elles allaient mourir, je les ai déplacées avec des attentions de mère en espérant ne pas accélérer leur fin, les ai installées au chaud. Le printemps revenu je n'ai pas été voir si elles avaient survécu, j'ai préféré croire qu'elles allaient bien. Souvent en janvier ou février j'ai vu le pin pleurer sa sève, une stalactite se forme, il peut s'écouler une semaine sans que la larme tombe, fonde, gorgée du sang de l'arbre. Comment ne pas penser à d'autres larmes d'un enfant ? La terre est humide, elle pourrait m'avaler si tu tardes trop. Nous avons tant à rattraper, Julien. Je continue de m'adresser à toi à voix haute. Au moins les insectes sont là quand je leur parle. Allez, viens maintenant.

Il me reste à te dire ce qui m'a décidé à quitter Le Gargouilleur alors que j'étais persuadé qu'il te tuerait. Ça tient en un mot, ou plutôt en un prénom, le tien. Celui que ce monstre m'a servi le soir de Noël après être entré pour la première fois dans la chambre.

Il aurait dû y avoir un enlèvement encore, à l'aéroport de Fiumicino, nous étions fin prêts, la cible choisie, le gamin n'avait pas dix ans, lui aussi portait un short, figure-toi. Le gosse venait de tomber dans les vapes, le mouchoir plaqué sur le visage, je faisais écran, on s'apprêtait à filer. Ne le voyant plus, ses parents se sont mis à crier son prénom : Julien, et il n'a plus été un inconnu. Tout ce qui n'était pas sorti, je me suis mis à le hurler moi aussi. Des cris que rien n'aurait pu empêcher, ils nous dénonçaient. Le Gargouilleur a vu qu'il ne pourrait rien face à l'attroupement qui commençait de se créer. On nous regardait, il a lâché le petit. J'aurais pu rester, j'aurais dû peut-être mais j'ai détalé à l'opposé. Je me suis dit que j'avais signé ton arrêt de mort et j'ai calculé le temps qu'il faudrait au Gargouilleur pour retourner à Bari, arriver jusqu'à toi. La police ne pourrait rien contre lui. Cinquante ans elle n'a rien pu.

À Fiumicino j'ai repensé aux pins de Caracalla, à la paix qu'ils m'avaient donnée malgré la petite enlevée le soir de l'opéra. Je m'y suis terré. Mais l'endroit à Rome où j'aurai le plus traîné, c'est au Capitole à regarder la louve, ses jumeaux la tétant. Je crois avoir tout lu de Remus et Romulus. Comment, pour fonder la Ville éternelle, le second assassine son frère.

Tu ne viendras pas.

Je n'irai pas sous ton satané arbre, Benjamin, votre satané arbre. J'ai fait demi-tour en apercevant le toit de la maison. Tu m'emmerdes avec tes symboles, le Pin, ses pendus, et puis quoi encore ? Au procès tu y revenais tout le temps. Tu sais ce qui me reste de notre enfance tous les deux, si belle, si lumineuse, brisée net ? De t'avoir dénoncé à notre entraîneur au dernier cours d'équitation. La seule fois où on se sera fait passer l'un pour l'autre et j'ai été lâche. J'ai vécu avec, j'ai mal vécu.

Au tribunal, tu t'es plu à rappeler cette façon intense qu'avait maman de nous aimer. Seulement tu as disparu, et de Julienquejetaime il n'y en a plus eu. J'ai dû faire autrement, imaginer l'impossible amour ; tout s'était tari en elle. Je ne te pardonne pas maman. D'être revenu une vie après ; la sienne. Je continuerai d'ignorer ce que tu avais à me dire. Depuis plus de quarante ans je n'ai fait que ça, les questions et les réponses, tout garder pour moi. Et ne rien vivre. Maman ne m'a pas seulement confié son rire pour toi. Tu te souviens la chapka de Boucles d'or, ou plutôt des trois ours ?

Elle l'a mise de côté dans une housse, qu'aucune mite ne la mange, elle m'a demandé d'en prendre soin : « Parce qu'un jour ton frère l'offrira à sa femme. » Je ne pense pas qu'elle y ait cru. Cette chapka, je l'ai enterrée sous le grand pin. Sans sa housse et pleine de ses cendres. Voilà ce que j'aurais pu te dire et ne te dirai pas, Benjaminquejetaime.

Et tu sais, je t'aime moins. Je n'ai plus envie de t'aimer. Ton silence après que tu as réapparu a brûlé ce qui restait à brûler. Ton obstination à me fuir a fait de moi cet homme au ralenti devant un souvenir de ce qui aurait pu être, et nous a manqué.

Je ne vais pas me plier à ton désir parce que tu es prêt. Et ne crois pas que je sois amer ou en colère. Triste infiniment.

Quand je me suis précipité à Bari, je croyais vraiment que tout irait mieux et peut-être on arriverait à être heureux. Te trouver mutique, presque hostile a achevé de me démolir. Ton appel arrive trop tard et tu le sais.

J'ai oublié de quelle couleur est le bleu, tu auras beau me la montrer, elle restera grise. Au moins le sable que je collectionne est blanc, jaune ou rouge, et même noir il est le plus beau. Qui sait si dans ces milliers de grains de sable il n'y en a pas un arrivé des Caraïbes jusque dans ma main. En les faisant passer entre mes doigts toutes ces années, ce n'est pas le temps que je regardais s'écouler, non, je recherchais, y revenant sans cesse, le petit grain que nous aurions touché toi et moi. Un parmi des milliards et il serait la trace de ce qui reste de nos huit premières années. J'aime à me dire que notre lien est là dans un de ces fragments. Qu'importe que ce soit vrai puisque tout le reste est défait. J'ai vécu avec l'idée que, dans un de ces grains charriés par les mers et les océans, notre passé demeure. Je peux y revenir quand je veux, c'est ce que j'ai encore. Il ne peut rien lui arriver, à ce sable dans mes fioles, il ne va pas s'envoler. Je l'enferme, j'époussette mes flacons, je touche à l'invulnérable. Étranges sabliers qui ne mesurent qu'une illusion. Et contre toute probabilité elle nous réunit. Je ne veux rien d'autre.

Nous garder à l'abri.

Composition et mise en pages
Nord Compo à Villeneuve-d'Ascq

Imprimé en France par

MAURY IMPRIMEUR
à Malesherbes (Loiret)
en juillet 2022

POCKET - 92 avenue de France, 75013 PARIS

N° d'impression : 264409
S31136/01